転生幼女は王宮専属の定食屋さん！
〜転生チートで腹ペコなモフモフ赤ちゃん達に愛情ご飯を作りますっ〜

沙夜

目次

プロローグ……6
転生したら、虐げられ幼女!?……9
新天地は悪魔王陛下のお膝元で……32
美味しいご飯は争いを生む!?……75
聖獣様は契約獣!?……111
人を見た目で判断してはいけません!……136
無自覚チートは転生あるある……153
もふもふ聖獣カフェでも始めます?……181

お客様は何者ですか？……198
今の私にできること……229
チートを発揮するなら、今でしょ！……248
エピローグ……289
あとがき……306

登場人物
紹介
CHARACTERS
シュナーベル王国国王
シルヴェスター・フォン・ライオネル
悪魔王陛下と呼ばれ、前王によって始まってしまった隣国との戦争を恐ろしき戦略で勝利へと導いた。不器用だが正義感が強く、ヴィオラに対しては過保護。
定食屋の娘だった前世を持つ幼女
ヴィオラ
辺境の村の幼女に転生するも厄介者として家族に捨てられてしまう。怪我をしていたヴァルを助けた縁で王宮に連れられ、ひょんなことから王宮専属の料理人に指名される。

～転生チートで腹ペコなモフモフ赤ちゃん達に愛情ご飯を作りますっ～

シルヴェスターの
秘書官
フィル・ローマン

シルヴェスターの右腕的存在。
最初はヴィオラを警戒していたが、
手料理を食べてから絆される。
柔和で知的。

シュナーベル王国騎士団長
ガイ・エルネスト

ワイルドだが根は優しく、
ヴィオラを娘のように可愛がっている。

ヴァルの母親
ヘスティア

迷子になり怪我をしていたヴァルを
助けてくれたヴィオラに感謝している。
シルヴェスターの契約聖獣。

王宮東棟の侍女長
カレン

捨て子で不遇な人生にも関わらず
前向きなヴィオラを、母のように見守る。

親子

フェンリルの
赤ちゃん聖獣
ヴァル

怪我をしていたときにヴィオラが
振る舞ってくれたパン粥で
胃袋を掴まれる。兄弟と比べると
体が小さいのが悩みだったが、
ヴィオラの料理を食べてから
みるみる成長して…?

モフモフな聖獣の赤ちゃん達

プロローグ

重い瞼を開く。薄暗いのはなんとなく分かるけれど、視界がぼやけていて、周りがよく見えない。

おかしいな、私、視力がいいのは自慢だったのに。

目をこすろうと手を上げる。

すると、なんとなく感覚がいつもと違う。動かしづらいというか、自分の手じゃないみたいというか……。

なんとかして目の前まで手を動かして見えたその手のひらは、いつもの私のものとは違う。

え⁉　小さい⁉

「あうあう⁉」

話そうと思った言葉とは違う、別の言葉と、私のものではない幼い声。

「あうあー⁉」

一体どういうこと⁉と叫んだけれど、それもまた上手く言葉にならない。

そうだ、私、事故に遭って……。そして、それからどうなった？

なにがなんだかよく分からない状況の中、そばで誰かがしゃがんだ気配がした。

「あらあら、こんなところに。かわいそうにね、私と一緒に帰りましょう？」

誰かが私に向かってそう話しかけた。

よかった、言葉は聞き取れる。声と話し方の感じから、年配の女性のようだ。

お礼を言おうとすると、その女性に優しく抱きかかえられた。

ん？　年配の女性に抱きかかえられた？

「魔物に見つからなくてよかったわね。……あら？　このおくるみに書かれているのは、名前かしら？　ごめんなさいねぇ、私、文字が読めないの。村に帰ったらお医者様に教えてもらいましょうね」

え、魔物？

おくるみ？

文字が読めない？

ますます混乱する私に、女性は歩きながらなおも話しかけてくれる。

「一歳くらいかしら？　まあまあ、なんて綺麗なすみれ色の髪かしら。こんな赤ちゃんを森の中に捨てるなんて……。なにか事情があったのかしらね。大丈夫よ、私が責任を持って育ててあげるわ」

一歳。

赤ちゃん。

この小さな手。

そしてすみれ色だという私の髪。

ま、まさか……。

「もう少しで村に着くからね。ほら、見えてきたわ。リンデマン王国のハウン村よ。今日からあなたが暮らすところ」

知らない国名に村の名前。

事故に遭って、目が覚めたら知らない場所っていうこの状況。

間違いない、私……。

「あうあうあうあー⁉」

ラノベのお約束展開、異世界転生、しちゃったのー⁉

転生したら、虐げられ幼女⁉

「ただいまー！」

「おう、すみれちゃん、おかえり！　配達おつかれさん！」

「いらっしゃいませ。今日もたくさん食べていってくださいね！　あ、お父さん、出前ももう終わったし、そろそろ私二階で夜ご飯の用意してくるね」

常連のおじさんたちに挨拶をしてお父さんにそう声をかけると、おう！と厨房の方から返事が聞こえた。

私は相馬すみれ、二十一歳。都内の下町にある『定食屋そうま』の娘だ。

大学生の私は、実家近くの大学で栄養・食物学を学びながら家業の定食屋を手伝っている。

「じゃあおじさんたち、ごゆっくり」

「おお！　でもなぁ、すみれちゃんのかわいい顔ならともかく、丈ちゃんの怖い顔眺めながらゆっくり食ってもなぁ」

「まったくだぜ」

ははは！と笑う常連のおじさんたちのテーブルに、ダン！とサバ焼き定食を置いたのは、私のお父さん、相馬丈太郎。

こう。

「丈ちゃん、顔怖いぞ！　元々怖いけど二割増しだ！」

「うるせぇ！　さっさと食って帰れ！」

おじさんたちがまた笑ってお父さんが怒っているけれど、あれで仲良しなのだから放っておこう。

でもたしかにお父さんってば怒るとすっごい顔になるのよね……。

そう、私のお父さんはものすごく顔が怖い。体格もいいし、初対面の人からカタギじゃないよね?と言われることもしばしば。

でも料理の腕は一流だし、優しくて頼りになる、大好きなお父さんだ。

それに、こう見えてお父さんてば意外と……。

「むっ、コロ助のエサの時間だ。おい、オメェら、それ食ったらすみれに絡んでねぇでさっさと帰れよ」

時計を見るとお父さんはおじさんたちに悪態をつくのをやめ、くるりと回れ右をしていそいそと裏口の方へと向かった。

店の裏口を出たところで飼っている真っ白な犬、お父さんはコロ助と名づけてかわいがっている。

子犬の頃に捨てられていたところをお父さんが拾って、こうして我が家の一員になった。

「相変わらずだな、丈ちゃん。あんなナリして動物好きとか、似合わねぇんだけど」

そんなおじさんたちのひそひそ話を苦笑いして聞きながら階段を上っていく。

「あ、ねーちゃんおかえり。」

「出前行ってたんだろ？　おつかれ。俺らも今帰ってきたとこ」

「ただいま。竜(りゅう)と虎(とら)も部活おつかれ」

竜と虎とは、双子の弟、竜之介(りゅうのすけ)と虎太郎(こたろう)のこと。高校二年生のふたりはそれぞれサッカー部と野球部に入っている。

「にーちゃんは今日も遅くなるんだろ？　メシ、先に食っちまおうぜ」

竜の言う『にーちゃん』とは、相馬武尊(たける)、私の三つ上のお兄ちゃんのことだ。調理師の専門学校を卒業して、今は別の店で修行中。毎日帰りが遅い。

「にーちゃんもたまには早く帰ってきて夜メシ作ればいいのにな。俺らが言うのもなんだけど、ねーちゃんばっか大変じゃねえ？」

朝のうちに私が仕込んでおいた肉じゃがを温め直しながら、虎が頬を膨らませる。

「そんなこと言わないの。お兄ちゃんも頑張ってるんだから。私はお兄ちゃんや竜と虎みたいに、特に取り柄もないから。これくらいのことはしないと」

弟の言葉に眉を下げながらそう答える。

みんな忙しいのだから、仕方がない。

お兄ちゃんはお父さんに似たのか料理の才能があるって学校でも一目置かれていたし、竜と虎は一年生の時から部活でレギュラー入り、しかも今はエースナンバーをもらっている。

対して私はというと、絵に描いたような平々凡々。才能豊かな兄弟たちに比べ、私には特筆すべき才能などなにもない。

「ねーちゃん、なんでもできるじゃん。掃除も洗濯もちゃんとやってくれるし、店の手伝いだって。学校の勉強もさ、赤点なんてとったことないだろ?」

「俺ら、赤点常連組だもんな」

けらけらと笑う弟たちに、そんなに胸を張って言うことじゃないとため息をつく。

たしかに苦手なことはそんなにない。でもだからってすごくできるわけでもない。私はいわゆる器用貧乏というやつなのだ。

「料理だって上手いしさ。うわ、肉じゃがウマっ!」

「あ、つまみ食いすんなよ竜!」

争うように肉じゃがを皿に大量に盛るふたりに苦笑いを零す。

「おい、オメェら。くだらねぇことで喧嘩するんじゃねえよ」

するとそこにお父さんがやって来た。どうやらお店が一段落したらしい。

「お父さん、おつかれさま。一緒にご飯食べよう!」

肉じゃがの他に焼き魚とみそ汁も盛りつけて、みんなで食卓を囲む。

「そうだ、お母さんの分も……。お母さん、食べてね」

小鉢によそった肉じゃがを棚に飾ってある写真の前に置き、手を合わせてお参りする。

写真に写っているのは、五年前に亡くなった私のお母さん、相馬みどり。享年四十二歳。

小さくて、かわいくて、笑顔が眩しい定食屋のアイドル、この下町のマドンナって呼ばれていた。お父さんと並ぶと、〝美女と野獣〟ってよく言われてたっけ。

「「「「いただきます！」」」」

みんなで手を合わせて、夕食が始まる。お兄ちゃんはいないけれど、この家族の時間が私はとても好きだ。

「ねーちゃんの肉じゃが、マジ美味い！」

「ホントそれな。俺、これがあれば白飯五杯くらいいける」

「ウチの家計圧迫する気か馬鹿野郎！」

弟たちとお父さんの会話に、自然と笑みが零れる。みんな口は悪いけど、すごく温かい。

ちらりと棚の上を見る。写真の中のお母さんも美味しいって笑ってくれている気がする。

「よく噛んで食べなきゃダメよ。それと、お兄ちゃんの分もちゃんと残しておいてね」

くすくすと笑う私に、分かってるよと三人の声が重なった。


いつもの夕食を終え、洗い物を虎に任せテーブルを拭いていると、大学で使っているボールペンのインクが切れていたことを思い出した。

今から買いに行くのはちょっと面倒だけど、大学の購買には売っていない種類のもの。仕方がない、出前用のバイクでひとっ走り行ってこよう。

「ごめん、ちょっと買い物思い出した。すぐ帰るから、先にお風呂入ってて」

いってらっしゃいと見送ってくれた弟たちに後を任せ、階段を下りていく。

「なんだすみれ、出かけるのか？」

「うん、ちょっと買い忘れ。バイクで行くし、すぐ帰る」

気をつけろよと言うお父さんに、ひらりと手を振る。

たしかにもう暗いし、気をつけないと。

安全運転でねと呟きながら左右の確認をしてバイクを走らせる。馴染みの文具店なら、五分くらいで着く。

バイクを少し走らせると、竜と虎の通っている高校が見えてきた。そのすぐそばの交差点で赤信号に引っかかった。

ついてないわねとしばらく待ち、信号が青になったのでグリップを回し、発信しようとした時。

「え？　あ、危ない‼」

一匹の白い猫が道路に入り込み、バイクが走る先を横切ろうとした。

このままじゃひいちゃう！

とっさに急ブレーキをかけた私の視界に、真っ赤な車が飛び込んできた。右側から。つまり、信号無視。

ひかれる、そう頭では分かっていても、体が動かない。

キキーーーーーーッ！

ドンッ！

鈍い衝突音がして、全身が焼けるように痛かったことだけは覚えてる。

高校のグラウンドが見えて、ヘルメットが飛んで。

ああ、お父さんに気をつけてって言われていたのに。もっとしっかり顎ひもを締めなきゃいけなかったなぁって思って。それから。

私の意識は、白い世界へと飛ばされてしまったのだった――。

◇　◇　◇

「ヴィオラ、早く持っておいで！　まったく、トロいんだから……」

「ご、ごめんなさいお母さん……」

自分の体と同じくらいの大きさの水瓶(みずがめ)を運びながら、私は謝った。

ふらつきながらなんとか目的の川まで歩く。まだ水が入っていないためそれほど重くはないが、大きくて前がよく見えない。

落とさないように慎重に歩いていたら、叱られてしまった。

転生して、六年の月日が経った。今の私の名前は、ヴィオラ。たぶん七歳。

たぶんというのは、拾われた時が一歳くらいだろうということで、その日を勝手に一歳の誕生日ということにしたからだ。

時の流れを象徴するように、私のすみれ色の髪は腰元まで伸びていた。とはいえ、まだ七歳。

精神年齢に追いつくまでに、ざっとあと十五年はかかる……あぁ、遠い。

「私はあんたの母親じゃない！　ったく、お義母(かあ)さんがこんなガキを拾ってきたから……」

グチグチ言っているのは、あの日私を拾ってくれたおばあちゃんちのお嫁さん。

『あら、お母さんと呼べばいいのよ。私のことはおばあちゃんと呼んでね』と言ってくれたおばあちゃんは、四年前に流行(はや)り病にかかって亡くなってしまった。

優しかったおばあちゃんは私をかわいがってくれたけれど、他の家族は違う。お母さんはあんな感じだし、おばあちゃんの息子であるお父さんも私には厳しい。

その子どもたち、一応私の兄弟ね、彼らも私のことをよくいじめに来る。悪口を言ったり足をかけてわざと転ばせようとしたり。

泣いたり怒ったりすると増長させるだけなので、その程度の嫌がらせなどかわいいものだとあまり相手にしていないのだけれど。

私は中身が大人だからどうということはないが、とにかくこの家族たちはいつだって私のことを厄介者だって目で見てくる。

だけどお母さんたちの気持ちも少しだけ分かる。だってここでの暮らしはとても貧しいんだもの。

去年までリンデマン王国と隣国シュナーベル王国との戦争が行われていたのだけれど、このハウン村は国境近くにあるため、まともにその余波を受けていた。

自給自足が中心の生活で、水は川に汲みに行けばいいのでまだ容易に手に入れられるのだが、畑でなかなか作物が育たないため、食べるものはせいぜい森で採れる山菜やキノコ、川で捕まえる魚などで、農作物はほとんど手に入らない。

ただ、小麦だけはなんとか育つので、パンは作ることができる。あとは村に乳牛が何頭かいるため、村の人たちで牛乳を分け合っている。

そんな自分たちの生活で手いっぱいの状況で、どこの馬の骨だか知れない私をかわいがれっていうのはなかなか無理な話だろう。

お母さんが自分の子を優先させたいと私を疎むのも仕方のないことだと割り切り、まだ幼い今だけ、できるだけ迷惑をかけないようにしてお世話になっている状態だ。

大きくなったら、そのうち……。

「ほら、さっさと水を汲みなさい！　トロいんだからボケっとしないで真っ直ぐ戻っておいでよ！」

……色々あるだろうが、それにしても七歳の幼女相手にちょっとばかし強制労働させすぎじゃ?と思わなくはない。けれど、最低限の衣食住は提供してもらっているのだ、わがままは言うまい。

でも、いまだに前世のお父さんの料理は恋しい。もう二度と食べられないって分かっているから、なおのこと。

そっと水瓶を川の中に入れて水を汲む。あれから六年経ち、前世のことで泣くことはなくなった。転生したばかりの頃は、家族のことを思い出してよく泣いたものだが、赤ちゃんだった私をおばあちゃんがいつも抱っこして優しくあやしてくれた。

少しずつ自分が死んだことを受け入れられるようになって、半年くらい経ってやっと思うように歩くことができるようになった頃。これから恩返ししなきゃ！って時に、おばあちゃんは亡くなってしまった。

食材は限られているけれど、私の手料理、食べてもらいたかったな。

私だって定食屋の娘だ。お父さんやお兄ちゃんほどではないにしろ、それなりに料理は作れる。

とはいえ、見た目はまだまだ子ども。貴重な食材を無駄にする気か！って料理なんてさせてもらえないけれどね。

「さ、早く戻らないと。またお母さんに叱られちゃうわ」

　まあどうせなんやかんやと文句は言われるのだろうけれど。そう思いながらも重くなった水瓶をなんとか持ち上げる。

　零さないように気をつけないと。よろよろとふらつきながらも、足に力を入れてなんとか家まで歩く。台所まで運び、やっとのことで水瓶を置くと、お母さんに遅い！と怒られた。

　それを適当に謝ってやり過ごし、外へと出かける背中を見送ると、きゅうっ！と動物の声が響いた。

「あら、ヴァル。お散歩はもういいの？」

「あうっ！」

　ぱたぱたと尻尾を振ってこちらに来たのは、ヴァル。銀色を帯びた白いふわふわの毛が綺麗な子犬で、一年くらい前に森の中で怪我(けが)をしているところを私が見つけたのだ。

　魔物か野犬に襲われたのだろう、とてもひどい怪我だったからとても心配したのだが、何日か手当てをして食べ物を分け与えていると、少しずつ回復した。今では怪我の痕もなく、すっかり元気いっぱいだ。

　そんなヴァルを両手を広げて迎え入れ、抱き上げた。ぺろぺろと頬を舐(な)められ、くすぐったくて思わず笑いが零れる。

　お母さんたちに見つかると絶対に捨ててこいと言われるから、村にひょっこり現れた犬ということにして、ヴァルは家から少し離れたところで隠れて世話をしている。

薄暗い森の中にひとり残しておくことなんて、私にはどうしてもできなかった。きっとおばあちゃんもこんな気持ちで私を連れて帰ってくれたのだろう。

「それに、なんとなくコロ助に似てる気がするのよね。さすがに名前は変えたけれど」

というか、顔を見て、コロ助？とつい口に出してしまった時に、とても嫌そうな顔をされた気がしたのだ。気に入らなかったのねと一生懸命考えてつけたのが、ヴァルという名前。

「どうせお腹(なか)が空いたんでしょう？　こっちにおいで。いつものやつ、作ってあげる」

「きゅう〜ん！」

甘えた声を出し、ヴァルはふわふわの小さな体で喜びを表した。

ヴァルはとても賢く、こちらの言葉が分かっているかのように、声色豊かに返事をしてくれる。きょろきょろと周りを見回し、家族がいないかを確認して手のひらに魔力を集中させる。

「〝炎(ファイア)〟」

火がつくとかまどに鍋を置き、取っておいた朝食の牛乳を注ぐ。

そう、この異世界には魔法が存在している。とはいえ、誰でも使えるわけではないらしく、村でもごく僅(わず)かの人しか使えない。

なんの恩恵か私には魔力があったらしく、こうして時々こっそりと使っているのだ。それを知ったのはおばあちゃんが亡くなった後、五歳の頃だったので、家族には内緒にしている。

料理をしたいなと思ってぼんやりかまどを見つめて、料理しているところを空想していたら、手のひらに静電気が起きた時のような感覚があって、もしかして魔力だったりしてと思って手をかざしてみたら、その直後に火がおこった。

びっくりして、まだ火が残っていたのかなと半信半疑だったけれど、後日再び同じ体験をし、まさかと思いながら何度か試して、それが魔力だったのだと確信した。

その後あれこれ試してみたが、どうやら料理の時にのみ、必要な魔法が少しだけ使えるらしい。

さて、牛乳がふつふつとしてきたら、森で採った山菜をちぎって入れ、同じく残しておいたパンもひと口サイズにちぎって投入する。

「少しだけ塩と砂糖ください、ごめんなさい！」

この場にいないお母さんに謝り、調味料棚から塩と砂糖を少しだけ拝借して鍋に入れた。

この世界では砂糖と塩は高価なものではないらしく、こうした貧しい村の人間にも国から配給されている。

ミネラルと糖質は、生きるために必要な栄養素だもんね。

せめて少しだけでも栄養のあるものを。これを食べて元気になれるように、ちょっとでも大きくなれるように。

牛乳に浸されてパンが少しずつ柔らかくなっていく。

「よし、完成。ヴァル、山菜入りミルクパン粥のできあがりだよ」

「わぅん！」

尻尾を振って喜ぶヴァルの分と私の分とにパン粥を取り分ける。

そして魔法で鍋を綺麗にして元の場所へ戻し、火も消しておく。

家族に見つかるとちょっと面倒なので、ヴァルと共にパン粥の入った器を持って外へ出る。

家の裏の木の影にふたりで座り、手を合わせていただきますをする。

「ヴァル、美味しい？」

「わうわう！」

少しぬるくなったパン粥はヴァルにちょうどよかったらしく、はぐはぐと嬉しそうに食べてくれた。

今世こうやって私の料理を食べてくれるのは、ヴァルだけ。さすがに定食屋では出せなかったけれど、家族の分の食事を作ることの多かった私は、みんなが料理を食べて喜んでくれるのが嬉しかった。

新メニューの開発も手伝ってたしね。

仕事にできるほどの腕前ではないが、普通に料理は好きなのだ。

「おばあちゃんが生きていたら、美味しいって言ってくれてたかな……」

「わう？」

ぽつりと零した呟きに、ヴァルが首を傾げて反応してくれた。

「ごめんごめん、ヴァルが美味しそうに食べてくれるのが嬉しいの。大好きな誰かに料理を食べてもらえるのっていいよね」

「きゃうん！　きゃうん！」

頭を撫でると、ヴァルは気持ち良さそうな顔をして鳴いた。

今はヴァルだけでいい、けれど。

「誰かのために料理を作って、笑顔になってもらって、美味しいねって言ってもらえる日がくるといいな」

この世界で前を向いて生きていこうと決意した時に、前世のお父さんみたいに、料理で誰かを幸せにしたいと思った。

大切な人ができて、料理を振る舞って。一緒に食べて、笑顔になって。

そんなふうに、慎ましくていい、平凡な幸せを築きたい。

だから、もう少し大きくなったらこの村を出て、違うどこかでヴァルと自由に暮らしたいと思っている。

そう、いつか――。

そんな淡い願いを抱きながら、私は今日もこの異世界を生きている。

数日後、私はいつものようにお母さんに水を汲みに行くように言われ、水瓶を抱えて川に向かっていた。

ふらふらしながら歩いていると、突然私はなにかに躓いた。

「きゃ……！」

「わうっ！」

転ぶ、そう思った時に、一緒についてきていたヴァルが私の服の裾を引っ張ってくれて、なんとか踏ん張ることができた。

水瓶も無事だ、よかった。

はーっと息を吐くと、背後からちぇっ！と舌打ちした音が聞こえた。

「なんだよ、転べばよかったのに」

「おにーちゃん、しっぱいだね」

お世話になっている家の兄弟だ。足元を見ると、木からロープが張られている。やれやれ、また嫌がらせに来たみたいね。

はあっと深いため息をつき、よいしょと水瓶を持ち直す。

「なんだよ、相変わらず生意気だな」

放っておこうという私の様子が気に障ったのか、兄は険しい顔をした。

「そーだそーだ！　なまいき！」

私より年下の弟にそう言われても、呆れた笑いしか浮かばない。

しかし今回の嫌がらせは少し目に余る。

「もう！　お兄ちゃん、気に入らないからって、なんでもやっていいわけじゃないわよ！」

珍しく私が言い返してきたことに、ふたりは驚いてびくりと肩を跳ねさせた。

「水が汲めなかったら、お兄ちゃんたちも、お父さんとお母さんも、困るでしょ？　家には水を汲みためておけるようなもの、他にないんだから」

子どもの意地悪くらい別にたいしたことではない。けれど、生活に支障が出るようなこととなると、しゃれにならない。きちんと注意しておかないと。

「私が気に入らないのは分かるけど、もし水瓶が割れたらどうするの？　お水、飲めなくなっちゃうんだよ？」

できるだけ無邪気に言ったつもりだったが、自分でもまずいと思ったのか、兄はぶるぶると震えた。

「な、ななっ、生意気だぞ！」

子どもっぽく言ったつもりだったが、冷静すぎたかな？

やれやれと呆れている私がちっとも怯んでいないことに我慢がならなかったのだろう、兄は大声で叫び始めた。

「おまえなんか！　ヤッカイモノのくせに！」

「ぎゃうっ‼」

「「うわぁっ⁉」」

兄の暴言にヴァルが吠え、それに驚いたふたりは飛び上がって尻餅をついた。

はいはい、そうですね。もう少し大きくなったらそのうち出ていきますから、我慢してね。

心の中でそう答えふたりを見下ろすと、私は無言で踵を返す。

「行きましょう、ヴァル」

「わうっ！」

「お、お、おまえなんてどうせ…………‼」

うしろからなにか言っているが、これ以上は無視だ。

最初は少しくらい兄と仲良くなれないかなぁと思っていたのだが、無理だった。まあ仕方ないわね、まだ幼かった兄は優しいおばあちゃんを独り占めできなくなったし、生活が苦しいところにひとり増えたのだから。

でも邪魔はしないでもらいたいわと思いながらため息をつき、川へと水を汲みに行くのだった。

魔法で水瓶に水をためることもできるけれど、不審に思われても嫌なので普通に汲みに行っているが……。またこんなことがあれば、考えないといけないかもしれない。

もし水瓶を割ってしまったら、魔法で元に戻せるかしら？

私の魔法は、完全に自己流。もしかして使えるかも～と気楽な考えでやってみたら意外とできてしまった、というところから始まっている。

長々とした呪文を唱えなければいけないのかと思いきや、頭の中でイメージしてそれっぽい言葉を発するだけで、料理に関しては今のところ少し使えている。

とはいえ、教えてくれる人なんて誰もいないからよく分からないことも多いのよね。割れた水瓶を戻す魔法なんてものも当然使ったことはない。だけど料理にまったく関係ないとはいえないので、試す価値はあるかも。

家に着き、よいしょと水瓶を置くと、顔をしかめたお父さんが珍しく話しかけてきた。

「おい。今から森へ山菜とキノコを採りに行く。おまえもついてこい」

……〝お手伝い〟という名の強制労働だった。

それにしてももう夕方近いのに、こんな時間から行くの？　そう思いはしたが、食料採集なら少しとはいえ私の口の中にも入るものなのだから、断ってはいけないわねと思い直す。

「はい、分かりました」

素直にそう答えると、フン！と鼻を鳴らすお父さんについて扉を開く。

「あうっ！」

「ヴァルもついてきてくれるの？　ありがとう」

ヴァルを伴って外に出ると、兄弟がくすくすとこちらを見て笑っているのが見えた。

ん？　なんだろう。嫌な予感がしつつも、私は足早に森へと向かうお父さんの後を慌てて追うのだった。


森に入って何時間経っただろうか、今日はずいぶんと奥まで来た気がする。あまり村人が来ないからだろう、たしかに山菜やキノコは豊富にあった。ヴァルもたくさん生えている場所を教えてくれて、今日は大収穫だ。

それを袋いっぱいに詰め、ほっとひと息つく。

「……疲れただろう、そろそろ休もう」

「え？」

びっくりした、お父さんが私に〝疲れただろう〟なんて気遣う言葉をかけてくれるなんて。

「あまりに大収穫で夢中になっていたら、ずいぶんと日が落ちてしまった。暗い中の移動は危険だ、今日はここで休んで、朝方に帰ろう」

たしかに今からもっと暗くなる中で、森の中を長時間移動するのは危険だ。最もなことだと、控えめながらも頷く。

「魔物除けの薬草袋は持っている。火も焚いていないし、そうそう魔物には見つからないはずだ」

魔物除けの薬草袋。これはこの世界で広く知れ渡っているものらしく、稀少な材料が必要なわけでもないので、村の人たちも普通に自分たちで作って身につけている。村の周りにも置いているし、森に入る時にも持ち歩いている。

「あうあうっ！」

「なぁに？　ヴァルが守ってくれるから大丈夫だって？　ふふ、ありがとう」

勇ましく鳴くヴァルは、どうやらなにかあっても僕が守る！と意気込んでいるようだ。

頼もしい姿にほっこりしてお礼を言うと、お父さんがぼそりと呟いた。

「……よく懐いているな」

「え？　あ、はい。……私の、唯一の友達ですから」

珍しくよくしゃべるお父さんに戸惑いながらも、私はそう答えた。

すると、そうかと短い返事が返ってくる。

どうしたんだろう、いつもと様子が違う。そう思いながらも、疲れた体は休息を必要としており、木の下に座るとどっと眠気が襲ってきた。

「……寝ろ。そこのちっこい犬を抱えていれば多少は温かいだろう。俺は少し、周りを見てくる」

うつらうつらとする私に、お父さんはなにか柔らかい布をかけてくれた。温かくて、どこか懐かしい感触。

ありがとうとなんとか声を出したが、聞こえなかったのか、お父さんはさっさと立ち上がってどこかへ行ってしまった。

限界が来ていた私は、その光景を最後に目を閉じて眠ってしまった。

まさか次に目を覚ました時に絶体絶命の状況に陥ることになるなんて、思いもよらず。

新天地は悪魔王陛下のお膝元で

「ガルルルル……」

「ヴヴーッ‼」

ど、どうしよう……。

ヴァルのもふもふした体をぎゅっと抱きしめる。

あれ、あれよね、絶体絶命ってやつ！　厄介者だと思われていることは十分理解していたが、まさかここまでするなんて。

今の状況を冷静に考えてみよう。

暗い森の中、それは変わっていない。

傍らにヴァルがいる、それも変わっていない。

けれどもうひとりそばにいるはずのお父さんの姿がなく、代わりに私たちの前にいるのは……。

「グゥアーッ！」

「きゃぁぁぁぁ！」

狼型の、たぶん魔物。ウルフなんちゃらって魔物が森にいるって、聞いたことがある。

突然の雄叫(おたけ)びに、反射的に叫んでしまう。

そんな中、幼児のこの体は前世のすみれの時よりも疲れやすく、森の中だというのにぐっすり寝入ってしまった。

そして目が覚めたらお父さんの姿がない。ちなみに魔物除けの薬草袋も私は持っていない。

「姥捨(うばす)て山(やま)……。いや、口減らしってやつ？　油断してたわ……」

そのうち出ていくつもりだったのだが、それほどまでに生活は追い込まれていたのだろうか。

だが今はそんなことを言っている場合ではない、この魔物をなんとかしないと……。

そう悩んでいる間にも、魔物は今にも襲いかからんばかりに私たちを睨(にら)んでグルグル唸(うな)り声を上げている。

そんな魔物から私を庇(かば)うかのように、ヴァルは私の腕の中からするりと抜け出し、前に出て魔物を威嚇し始めた。

けれど、ヴァルにこの魔物をどうにかできる気はしない。

「ヴァルを守らなきゃ……。それにせっかく新しい命を授かったのに、こんなところで死んでたまるもんですか！　一か八か、魔法が使えたら……」

動物系の魔物ならば、弱点は火だろうか。

料理以外で魔法が使えたことはないのだが、今はとにかくやれることをやってみよう。そう決心して手のひらに魔力を集中させる。

すごい魔法なんて使えない。けれど、今できる精いっぱいを。

そうして炎魔法を放とうとした、その時。

「ギャウウウウ！」

「ギャッ⁉」

背後から、とても大きな銀色の影が飛び出してきた。

狼⁉　いや、それにしては大きすぎる。

「ガァルルルル……！」

「キュイン……キャイン！」

その大きな狼のような生き物は、威嚇だけであっという間に魔物を追い払ってしまった。

「た、助かった……？」

その姿が見えなくなって緊張の糸が切れた私はその場に座り込んでしまった。

「きゃうっ！」

するとそんな私をすり抜け、ヴァルがその大きな銀色の狼のところへと駆け出した。

「⁉　ヴァル、危な……い？」

噛みつかれてしまうのではと焦ったが、ヴァルはその狼の前に来ると尻尾を振って体を大型の狼にこすりつけた。まるで甘えるように。

そして大型の狼もまた、ヴァルの頭に鼻先をこすりつけ、においを確かめるようにクンクンと嗅いだ。くすぐったそうにするヴァルは、なんだか嬉しそうだ。

「ひょっとして……親子？」

「クゥン」

思わずそう口に出てしまった私に、大型の狼はかわいらしい声を出して応えた。よく見ると、大きさこそ違えど毛並みとか顔つきがよく似ている気がする。まだ小さいから犬だと勘違いしてしまったが、そうか、狼だったのか。

「そっか……。よかったね、ヴァル」

「きゃうん！」

嬉しそうな鳴き声を上げるヴァル。しかし親が見つかったということは、私とはお別れということ。

寂しい気持ちを押し殺し微笑む。私よりも本当の親と一緒にいた方がいいに決まっているから。

「元住んでいたおうちへお帰り。ヴァル、今までありがとう」

そっと近寄ってヴァルの前にしゃがみ、その小さな体を抱き上げる。

毎日のようにこうして抱きしめていたふわふわの体。これで最後だと思うと、鼻の奥がツンと痛む。

「私はもうあの家には帰れないから、なんとかして森を抜けて、違う土地を探すわ。だから、ここでお別れよ」

自分に言い聞かせるようにヴァルに話しかける。

「ガウッ！」

するとヴァルの親獣は声を上げて、まるで否定するかのようにしきりに自分の背中を向くようにして首を振った。

「わうわうっ！」

「え？　ちょ、ちょっと、ヴァル⁉」

そしてヴァルも私の服の裾を噛んで引っ張った。私をヴァルの親獣のところに引き寄せるようにして。

そうして親獣が体を伏せると、ヴァルが私を今度は押しやった。

「ひょっとして、乗れってこと？」

「ガウッ！」

「わうっ！」

正解！とでも言うように二匹は鳴いた。

そんな二匹に私は目を見開いたが、まるで連れていってあげると言われているようで、じんわりと胸が温かくなる。

するとヴァルがそばに落ちていた布をくわえて持ってきた。

これ、私の名前入りのおくるみだ。そうか、お父さんが置き去りにする前にかけてくれたのは、これだったのか。

「……ありがとう。ごめんなさい、じゃあお願いします。ええと、ヴァルのお母さん？　かな？」

おくるみを受け取りそう尋ねると、正解！と言うかのように二匹が声を上げた。お母さんで合ってたのかな？

そういうことにしておこうと思いながら微笑み、ヴァルのお母さんの背中に乗る。もふもふであったかい。汚れなどないふわふわの毛並み、なんとなくいい匂いもするし、こんな森の中に住んでいるとは思えない。

しっかりとその背に乗ると、ヴァルのお母さんは体を起こした。そして私が落ちないようにだろうか、ゆっくりと駆け出した。

それにヴァルもしっかりと並走してついてくる。以前からヴァルのことは賢いと思っていたけれど……。私に気遣いもできるなんて、この子たち賢すぎじゃない？　そう驚きながら背中につかまり、周りの景色を見る。

ずいぶん奥まで来たと思っていたけれど、まだまだ先は続いていたらしい。

そういえば私が捨てられていたのも、この森だったのよね。誰が置き去りにしていったのだろう。ひょっとして、この先にある土地に手がかりが……？

ヴァルが拾ってくれたおくるみに視線を落とす。

捨て子に使うおくるみにしては、意外と手触りがいい。そう思いながらまじまじと見つめていると、布に刺繍されていた文字が目に飛び込んできた。

〝ヴィオラ〟

そうだ、おばあちゃんが村で数少ない文字が読めるお医者さんに見てもらって、ヴィオラと名づけられたんだった。

「……それにしても、優しいフリをして油断させておいて置き去りにするなんて、私も疎まれたものよね」

ためらうことなく森の奥に置いていくなんて。まったく、あの親子と優しかったおばあちゃんに血の繋がりがあるなんて信じられない。

「ま、でも仕方ないと言えば仕方ないよね。そりゃ自分の本当の子どもたちの方が大切なのは当然だろうし」

誰にでも事情がある。どうにもならない、ままならないことだって、人生にはあるから。

「でも、そのおかげでヴァルのお母さんと会えたんだし、悪いことばかりじゃないか」

「きゃうん！」

前を向いて進もう。ここまで育ててくれたことには、感謝している。これからは自分の足で、歩いていかなきゃいけないんだから。

そう決意を新たにしていると、少しずつ空が明らんできた。どうやら夜が明けようとしている。

それに、先の方が明るくなっているのが見えるし、森もそろそろ抜けそうだ。近くに村や街があるといいのだけれど。

期待と不安の混じる気持ちで、ヴァルのお母さんの背中に改めてぎゅっとしがみつく。村や街の近くまで連れていってもらったら、ヴァルたちとはお別れしないといけない。

こんな大きな狼が現れたら驚かれてしまうし、二匹に危害を加えようとする者も出てくるかもしれないもの。

「村か街の近くまででいいですから。なんなら、森から出てすぐ降ろしてもらえれば！」

そうヴァルのお母さんに告げたのだが、お母さんはちょっと考えるような様子を見せると、首を振った。そして森を抜けても私を降ろそうとはしなかった。

「あ、あの！　本当にここまでで大丈夫ですから！」

そう言って止めようとしても、ヴァルのお母さんは駆け続けた。

それにしても、どこに向かっているのだろう。

途中、村や街っぽいところがあったので降ろしてもらうように言ったのだが、それも聞く耳を持ってもらえなかった。

まるで目的地が定まっているかのように、迷いなく走っていく。

「森で暮らしていたわけじゃなかったのかしら？　どこかで飼われていたってこと？」

そう考えれば、綺麗な毛並みなのもいい香りがするのにも説明がつく。

こんなに大きな狼を飼えるって……もしかしてご主人様はお金持ち？　というか、こうなってくると二匹が本当に狼なのかも分からない。

色々と分からなくて頭を捻っていると、ところどころに木の生えている草原で二匹がぴたりと止まった。

「あれ、どうしたの？　あ、そっか、休憩？」

お母さんはともかく、ヴァルは疲れたよね。そういう私も実はお尻がちょっと痛い。

助かるわと降りようとした時、二匹は木の陰の方へとするりと体を滑らせた。

？　なにか地面に描いてある。……え、あれは。

「魔法陣、かしら。こんなところに、どうして？」

この世界で見たのは初めてだが、前世のアニメなんかでよく見た魔法陣にそっくりだ。魔法が存在するのだから、魔法陣があってもおかしくはないよね。

すると、驚く間もなく二匹がその魔法陣の中に入っていく。

大丈夫なの？という不安が声となって出る前に、魔法陣が光った。

「きゃっ！」

あまりの眩しさに、反射的に目を瞑り、さらに手で顔を覆う。そうしてしばらくすると、空気が変わった気配がして、そっとその手を解く。

「……え⁉」

目に飛び込んできた景色が先程とはまるで違っていて、驚きの声を上げる。

そこに広がっていたのは、美しく整えられた庭園。草原ではなく、花々が咲き誇っており、すぐそばには東屋のような場所もある。

そして少し離れたところには……。

お、お城?

どう見てもお城のような、立派すぎる建築物が建っている。

「なんだヘスティア、人間のガキまで連れてきたのか？」

ヴァルのお母さんの背の上で呆然としていると、低音のものすごいイケボが聞こえてきた。

はっとして声のした方を向くと、そこには背の高い男性が立っていた。

漆黒の髪に、印象的な紅の瞳。不機嫌そうな表情で眉をひそめてこちらを見ている。

怖そう、だけどものすごく美形だ。

「おい、おまえ。そろそろヘスティアから降りろ」

「え？　あ、す、すみません！」

とがめるような声に、伏せてくれたヴァルのお母さんから慌てて降りる。そうか、お母さんはヘスティアって名前だったのね。

「見つかったのか、よかったな」

「キュゥーン」

男性が近づき声をかけると、ヘスティアは甘えた声で鳴いた。ひょっとして、この人がご主人様？

お城っぽい建物といい、毛皮付きのマントと軍服に似た豪奢な黒い服といい、男性はなるほど間違いなくお金持ちなのだろう。

「きゃうーん！」

「ワウッ！　ワウ！」

「ん？　……そうなのか？」

お金持ちのイケメンオーラに圧倒されていると、ヴァルとヘスティアと一緒に、まるで会話しているように話していた男性がじろりと私を見た。

じろじろと値踏みされているみたいで、居心地が悪い。

「……ふん、ヘスティアの子どもの恩人ならば、仕方ないな」

「え？　どうして知って……きゃぁっ！」

なんといきなり抱きかかえられた。……荷物のように、肩に担がれて。

「軽いな。それにしても、うす汚れているなおまえ。とりあえず身を清めてこい」

「な、ななっ……⁉」

たしかに村ではお風呂もなかったし、せいぜい水浴びするだけだった。

だけど女の子相手にそんなこと正直に言わなくても……！

「だが、髪は綺麗な色をしているな。侍女たちに磨いてもらえ」

「ええっ⁉　ちょ、ちょっと待ってください！」

焦る私の言葉など聞こえていないのか、男性はずんずんと歩みを進め、建物の中に入った。

足が長いからだろう、一歩が大きくて進みが速い。しかも担がれているため、高い。

ヘスティアに乗せられていた時もなかなかの高さと揺れだったが、気遣いが皆無な今の方が怖い。暴れると落とされるかもしれない、ここは黙って耐えるのが吉か。そう悟った私は、力を抜いてされるがままでいることにした。

「なんだ、おとなしくなったな」

「……抵抗するのは得策ではないと思いましたので」

恩人なら仕方がない、身を清めてこいと言われたし、別に煮て食おうというわけではないだろうから。

すると、男性がくくっと笑った気配がした。

「おまえ、こましゃくれたガキ、いや、面白い子どもだな」

「はぁ……そうですか」

それに、この男性はさっき私の髪を綺麗だと言ってくれた。

実は私は、自分の顔をちゃんと見たことがない。貧しい村にいたから、鏡なんてなかったもの。水面に映るゆらりとした影で見たくらいでしか、容姿を確認できなかった。

でも肩から腰まで流れる髪の色だけはちゃんと見える。すみれ色のさらりとした髪。前世の私の名前と同じ色。きちんと手入れをしていないわりには綺麗な、この髪の色が私はとても気に入っていた。

だから、初めて褒められたことが嬉しかったのだ。

「おい、この子どもを綺麗にしてやれ」

「きゃっ！」

男性は一室の扉を開けると、どさりと私を下ろした。どうやら浴室らしい。

「チビの恩人とはいえ、ヘスティアがここに連れてくるぐらいだから、なにか事情がありそうだな。後で話を聞かせろ。おい、頼んだぞ」

「かしこまりました」

侍女服を着たお姉さんがそう応えると、男性はバタン！と思いきり扉を閉めてどこかへ行ってしまった。

呆然としていると、侍女のお姉さんにまじまじと見られているのに気づいた。紺色の髪を綺麗にまとめていて、上品で仕事ができそうなお姉さんだ。

「あら、ごめんなさいね。ふふ、温かいお湯を張るから、体を清めましょう？　――あなたたち、やるわよ」

優しく微笑んでくれたかと思うと、お姉さんは目をきらりと光らせて誰かを呼んだ。すると彼女と同じ服を着たふたりの侍女が現れる。

「ソフィアと申します。まあまあ、これは……」

「ミーナです！　磨き甲斐がありますね！」

「うふふ、そうでしょう？」

……なんか、嫌な予感がする。

「さあ隅から隅までやるわよ！」

「「分かりました‼」」

お姉さんたちのやる気に満ちた返事に、私はひくりと頬を引きつらせるのであった。

「じゃーん！　完成‼」

「これが、私……？」

約一時間後。隅から隅まで磨かれた私は、姿見の前で呆然としていた。

「ええ。とてもかわいらしいですね」

初めて自分の姿を鏡で見たのだが、まさかこんなに美少女だったなんて……。

「綺麗な色の髪、サラサラになりましたね。紫藍の瞳ともよく合っています。それにこんなに愛らしい顔立ちでいらしたなんて！　どこかの貴族令嬢と言っても疑われませんよ‼」

興奮する声に、そんなことありませんと謙遜するべきなのは分かっている。しかしその褒め言葉のどれもが真実だった。

ぱっちりと開いた優しげな目は落ち着いた紫藍色。それがすみれ色の髪ととても調和していて、落ち着いた上品な雰囲気を醸し出している。

シンプルだが上質な布でできたワンピースは、瞳の色に合わせた紫がかった紺色を基調としたもので、上品なデザインが似合っている。

まだ幼いため、かわいらしいという表現の方が合っているが、成長したらかなりの美人になるはず。ナルシストなの？と思われるかもしれないが、こうして姿をきちんと見たのが初めてなので、これが自分だという自覚が持てない。美少女を見て目を輝かせる感覚なのだ。

立ち尽くす私に、最初にお風呂を用意してくれたお姉さんが屈んで私に目線を合わせた。

「あまりにかわいらしくて驚きましたか？　ですが間違いなくあなたですよ。ええと……」

あ、名前。

「あの、綺麗にしてくださってありがとうございます。私、ヴィオラといいます」

慌ててお礼を言うと、お姉さんはにっこりと微笑んでくれた。

「まあ、小さいのにしっかりしていらっしゃいますね！　ご丁寧にありがとうございます」

なんと、お礼を言って名乗っただけで褒められてしまった。見た目が小さな子どもだからというのはわかっているが、褒められて悪い気はしない。

「申し遅れました、私はカレンと申します。ここ、シュナーベル王国の王宮にて東棟の侍女長を務めております」

ひとり浮かれていると、お姉さんも自己紹介をしてくれた、のだが。

「おうきゅ……王宮⁉　え、シュナーベル王国⁉　じ、侍女長さん⁉」

予想外の単語の連発に思わず大きな声を出してしまった。

「あらあら、陛下が連れられていらしたので、てっきりご存じなのかと思っておりましたけれど」

「へ、陛下⁉」

陛下って君主に対する敬称のことよね⁉　君主、つまりこの国の国王陛下ってこと？

『陛下に連れられて』ってカレンさんは言ったけど、私をカレンさんのところに連れてきたのって……。

先程の、漆黒の髪をした強面(こわもて)美形の顔が思い浮かぶ。

「ま、まさか……」

たらりと汗を流す私に、カレンさんはおっとりと上品な笑みを浮かべた。

「はい、ヴィオラ様をお連れになったあの方が、わがシュナーベル王国国王、シルヴェスター・フォン・ライオネル陛下ですわ」

やっぱりそういうことになっちゃいますよね!?

顔を蒼くしながら、私はひくりと口元を引きつらせたのであった。

カレンさんに連れられてきたのは、陛下の執務室だという部屋だった。びくびくしながら中に入ると、三人の男性に迎え入れられた。

「ふん、見られるようになったじゃないか」

中央にどっかりと座る、この国の国王陛下だという強面美形は、相変わらず不機嫌そうな顔で私をじろじろと値踏みするように見てくる。

「おやおや、彼女がヘスティア様のお子様の恩人ですか？　ずいぶんとかわいらしい少女ですね」

続いて言葉を口にしたのは、彼の右隣、この世界では初めて見る眼鏡をかけた、柔和な雰囲気の銀髪の男性。穏やかな笑みを浮かべてはいるが、その眼鏡の奥の瞳には、得体の知れない私への警戒が滲み出ている。

「へえ、あと十年も経てばかなりの別嬪さんになりそうだな」

最後にそう言ったのは、向かって左側の大柄な赤褐色の短髪の男性だ。騎士だろうか、大きな剣をその腰に携えている。

三者三様のイケメンに囲まれたような形になったのだが、睨まれているようでものすごく居心地が悪い。

「……こほん。恐れながら陛下、ヴィオラ様が怯えております」

びくびくと縮こまっていると、うしろに控えていたカレンさんが助け舟を出してくれた。

すると大柄な騎士らしき男性がハハハッ！と豪快に笑った。

「違ぇねぇ。お嬢ちゃん、すまんな。ヘスティアの子どもを助けてくれた恩人だってのに、怖がらせるなんて俺たちが悪かった」

すると彼は二、三歩歩いただけで私のそばまで近づき、よっこいしょとしゃがんで私と目線を合わせた。

「俺はガイ。ガイ・エルネストだ。一応この国の騎士団長なんてものをやってる。お嬢ちゃんはヴィオラというのか？」

怖がらせないようにとの配慮なのかしら、荒っぽい雰囲気だけれど、悪い人ではないのかもしれない。

「えと、はい。ヴィオラといいます。その、お風呂に入れてもらっただけでなく、こんなに綺麗な服まで着せてくださって、ありがとうございます」

「お、おお？　ちっせぇのにずいぶんと丁寧な話し方をするな……。まあいい、よろしくなヴィオラ。その服、似合ってるぞ」

にかっと笑うガイさんは、先程までよりも幼く親しみやすく見えた。

「よろしく、お願いします……。あの、それで……ヴァルはどこに……」

カレンさんやガイさんのおかげで少し緊張は緩んだものの、やはり知らない人に囲まれていると落ち着かない。ヴァルのもふもふ毛皮に癒やされたい！　そんな気持ちでガイさんに尋ねる。

「うん？　ああ、あのおチビのことか。ヘスティア親子ならほら、庭にいるぞ」

ガイさんが指差した方の窓を覗く(のぞ)と、ヘスティアとヴァル、そしてヴァルと同じくらいの体格の白い狼の子どもたちがいた。

「本当だ……。兄弟、かな？　そっか、久しぶりに会えたんだもんね」

ヴァルの気持ちを考えれば、私なんかに付き添うよりも、家族との再会を喜び合いたいだろう。ちょっぴり寂しいけれど、私は中身が子どもではないのだ、ヴァルのために我慢しなければ。

その隣でじっと私を見つめていたガイさんの視線には気づかず、私は窓の外のヴァルたちをしばらく眺めていた。

「……おい」

「え、あ！　はい！」

しまった、一国の国王を前にしてぼんやり外を眺めてしまっていた。不敬だったかしらとすぐに振り返り、しゃきんと居住まいを正す。

すると、眉間に皺を寄せた陛下と目が合った。

前世のお父さんよりはまだマシだけれど、そんなに鋭い目つきで睨まれたらなにを言われるのかと冷や汗ものだ。

「おまえ、どこに住んでいる?」

なるほど、身元調査か。そりゃそうよね、幼女とはいえ怪しい人物の身元を確かめておくのは必要なことだ。

「ええと、リンデマン王国の、ハウン村です。あ、でももう家には帰れない、かも」

ぴくりと陛下の眉が動いた。

「……親は?」

「ええと……その、私、捨て子だったので……」

なんと答えたものかと思いつつも正直に話していく。

もしも家まで送ってやるとか言われても、気遣いには感謝したいが困るもの。

はあっと深いため息が聞こえて、びくっと縮こまる。

面倒なヤツを拾ってしまったと思われた? それとも怪しすぎると警戒された?

私、これからどうなってしまうのだろうと不安に駆られていると、陛下が口を開いた。

「おまえ、腹は減っていないのか?」

「は、はら？　ええと、お腹は、そう、ですね……」

ぐぅ。

予想外すぎる言葉に面食らっていると、正直なお腹が返事をした。

反射的にお腹を押さえて真っ赤になった顔を上げると、陛下は目を見開いて固まっていた。

その、一拍のち。

「くっ、はははは！　そうだよな、腹、減ってるよな！」

ガイさんが大爆笑した。それにつられたのだろう、眼鏡の男性も口元に手を置きながらぷるぷる震え始めた。

は、恥ずかしい……‼　子どもなのだから別にいいじゃないかという思わなくもないが、中身はれっきとした成人女性、羞恥心というものがある。

熱の集まった頬に手を当て俯（うつむ）いていると、陛下が立ち上がった気配がした。

「カレン、食事の用意を」

「かしこまりました、陛下」

そうしてそのまま涙目の私の前まで来ると、長身の陛下が高い位置からじっと私を見下ろした。

な、なんだろう。あ、でもお腹空いてないのかって、気を使ってくれたのだろうから、お礼を言わなくちゃ。

「あの……ありがとうございます」

カレンさんに食事を用意をするよう言ってくれたことに、ぺこりと頭を下げてお礼をする。するると、周りでざわっと空気が小さくさざめいた気配がした。それを不思議に思いながら頭を上げると、ルビーのような紅い目と視線がぶつかった。

「……こっちだ、ついてこい」

そう言うと陛下は執務室の扉を開けてスタスタと歩いていく。

「あ、はいっ！」

それに慌ててぱたぱたとついていく。

ご飯、食べるところに連れていってくれるってことだよね？

「んじゃ俺も」

「私も行きましょう」

背後からそんな会話が聞こえてきて、ガイさんと眼鏡の男性がうしろからついてきた。とはいえ、すぐ追いつかれて並んで歩くことになったけれど。

男性陣とは歩幅が違うので、歩くというよりは小走りでしばらく廊下を進むと、陛下はある部屋の前で止まって扉を開いた。

「入れ。そのうちカレンが食事を運んでくるだろうから、座っていろ。ついでに俺たちも遅めの昼食をとることにする」

な、なんと……⁉　国王なのに、こんなちびっこと一緒のテーブルで食事なんてとっていいのだろうか。

しかしどかりと座った陛下に続き、ガイさんも特に気にした様子はなく、部屋の中に入ってテーブルについた。眼鏡の男性もため息をついて眉をひそめたものの、黙って席につく。

……ま、まぁいいのかな？　とりあえずお腹が減っているのは確かだ、ここはお言葉に甘えて昼食をいただこう。

村ではろくなものを食べてこなかったから、実はちょっぴりわくわくしている。王宮で、陛下と一緒の食事なんだもの、きっと豪華よね。定食屋の味も恋しいが、前世でもほとんど食べたことのない豪華な料理、嬉しいに決まっている！

弾む心を隠しきれず座ってからもそわそわする私を、じっと陛下が見ているのに気づいた。

「⁉　お、落ち着きがなくてごめんなさい！」

「……いや、別にそんなことはない」

鼻で笑われたような気がして、縮こまる。

私、さっきから色々とやらかしすぎじゃない？　子ども姿とはいえ、中身は成人なのに情けない……。

あれかしら？　転生して、中身まで幼児化しちゃったとか⁉　だって前世ではもっとちゃんと大人の言動ができていたと思うし、しっかりしたお姉ちゃんねって言われることも多かった。

こんなに子どもっぽくはなかったはずだ。

ひとりでうんうんと唸って悩んでいると、カレンさんがワゴンを押してやって来た。

きたぁ！　ご飯だ‼　なにはともあれ、今はこの空腹を満たすのが最優先事項。

腹が減っては戦はできぬ。空腹では冷静に考えることもできないものね。ずっとここでお世話になるわけでもないのだから、とりあえずお腹いっぱい食べて今後のことをちゃんと考えなくては。

そう自分で自分に言い訳をする。そしてぱっとワゴンにのせられているものへと視線を向ける。

あら？　なんだろう、思ったより……。

籠に入ったたくさんのパンは分かる。でも、その他は……。

「お待たせいたしました、ヴィオラ様」

柔らかく微笑みながら、カレンさんが私の前にスープの入ったお皿を置いた。野菜がゴロゴロ入っている、湯気の上がった温かそうな、けれどなぜか違和感を感じるスープ。

次に置かれたのは、端にちょっとだけ葉物野菜が添えられた、どーん！とお肉がのったお皿。

そしてパンの入った籠と取り皿。

以上。

……いや、文句を言える立場じゃないのだから、こんなことを思ってはいけないと分かっている。

でもでも、想像してたご馳走とちょっと違った。

もっとこう……牛フィレ肉ステーキのなんちゃらソースがけとか、十種の香味野菜のスープとか、フレンチのフルコースみたいな料理を想像していた。

でもそうよね、子ども相手だし、しかも見るからに下層の平民なのだ、あまり豪華で手の込んだ料理は口に合わないだろうとの配慮なのかもしれない。

そう思いたい、だけどひとつだけ気がかりなことがある。それは、私以外の三人も同じメニューの皿が置かれているということだ。

私に合わせてくれた？　そんな馬鹿な。

しかも陛下の皿に至っては、メイン料理の皿には肉しかのっていない。まったくと言ってもいい、申し訳程度も野菜がのっていない。肉にソースがかかっているわけでもない。

ただ、肉の塊だけ。

ど、どういうこと……？　ひとり戸惑う私のことなどお構いなしに、三人はカトラリーを手にして食事を始めた。

彼らは無表情で、ただ淡々と料理を口に運び、味わっている様子はない。

「ん？　どうしたヴィオラ。遠慮せず食べろ」

「あ、はいっ！　い、いただきます！」

呆然とする私に気づいたガイさんがそう声をかけてくれたので、慌ててスプーンを手にする。

とりあえずスープから食べてみよう。そっとスプーンでニンジンをすくってスープと共にひと口。

口に入れた瞬間、私は先程感じていた違和感の正体に気づいた。

「…………素材の味がとても感じられるスープですね」

つまり、野菜以外の味がほとんど、いやまったくしなかった。

スープはうっすらと野菜の色が溶けただけ、そして湯気が立っているのに香りがほとんどしなかった。だから私は違和感を覚えたのだ。

「ふん。おまえの口には合ったのだな」

私の当たり障りのない感想に、陛下が興味なさげにそう返してきた。

あれ？　おまえの口には？

よく見ると陛下の皿は、肉とパンしか減っていない。スープはほとんど手つかず。

まさか。

「陛下……。いつも言いますが、少しは野菜類も食べてください」

「そんな青くさいだけでまったく美味いと思えないもの、食えるか。たいして腹も膨れないし、俺には必要ない」

眼鏡の男性がそうたしなめたが、陛下はきっぱりと言いきった。

「ははは！　陛下は食の好みが偏っているからな！　巷では〝悪魔王陛下〟と呼ばれているらしいが、その正体が偏食大魔王だとは誰も知るまい」

続けてガイさんもそう笑い飛ばす。

間違いない。

「ふん。野菜など食わなくても支障などないからな」

この人、野菜嫌いの子どもと一緒だ！

その時、ふと前世の弟たちの記憶が頭をよぎった。

そういえばふたりとも野菜が苦手だったな……。お母さんが色々と工夫して食べさせていたっけ。

弟たちは高校生になってからはそう好き嫌い言わなくなっていたけれど……。この人、子どもの時の苦手を克服できないまま大きくなっちゃったのかしら？　もったいない……。

私が残念なものを見る目をしていると、それにガイさんが気づいた。

「ほら陛下、ヴィオラも見てるぜ？　こんな小さい子どもでも野菜を食べているのに、陛下のそれはどうなんですかねぇ？」

にやにやとガイさんが笑う。

いえ、別に私のことなど引き合いに出してもらわなくても……！

「ふん。こんなまずいものを無理して食べる必要がないと言っているだけだ。塩を振った肉が一番美味い。ただそれだけのことだ」

「まあそうだけどよ」

「それを言っては元も子もありませんね」

陸下の主張に、ガイさんと眼鏡の男性が同意する。なんだ、ふたりともあまり美味しくはないなと思ってはいたのか。

「えっと、皆さんのお食事はいつもこんな感じなのですか？」

勇気を出してそう聞いてみると、三人から「そうだ」と返ってきた。

「食事など、ただ空腹を満たすだけのものだ」

「陸下、栄養補給の意味もありますよ」

「まあ肉はうめぇけどな！　俺も正直野菜類は仕方なしに食べてるって感じだな」

なんてことだ、みんな食事にまったく楽しみを感じていない。

これが異世界の食事事情……‼

愕然とした気持ちで目の前の料理を見つめる。

食事って、ただ空腹を満たしたり栄養を取ったりするだけの、そういうものじゃない。

大切な人たちと食卓を囲んで、美味しいねって言い合って食べる楽しさ。

ひとりの時だって、好きなものや食べたいものをたくさん並べてゆっくり楽しんだり。

食べ歩きして美味しいお店を見つけたり、色々試して自分に合った味付けを見つけたり。

大好きな人に喜んでもらいたくて、頑張って作った手料理を振る舞ったり。

食事って、そういう楽しいもの。

「……あのう」

たまらず、私は小さく声を上げた。

「それならば、私に料理を作らせてもらえませんか？」

私の申し出に、三人は目を見開いてぽかんと口を開けた。

「おいおい。ヴィオラ、さすがにおまえみたいな子どもにそれは無理だろ」

ガイさんが戸惑いの声を上げるが、そこをなんとかお願いします！と上目遣いで訴える。

「そ、そんな目で見られてもよぉ。ん？　ヘスティアの末の子どもじゃねえか。いつの間に……」

なんと、どこから入ってきたのか、先程まで庭にいたはずのヴァルが現れた。まっすぐ私に向かって走ってきて、ぴょんと飛びついてきた。

「わ！　ヴァル、どうしたの？」

いつものようにもふもふと撫で回してやると、満足したのか腕の中から下り、陛下のところにすたすたと向かっていった。

大丈夫なのかしらとハラハラしながらヴァルの行動を見守ると、ヴァルはなにかを伝えようとするかのように陛下のマントの裾をくわえて引っ張ったり、わうわうと鳴いて訴えた。

「……。言う通りにさせてやれと言っているのか？　はあ、仕方がない。子どものお遊びにしかならんと思うが、ヘスティアの子どもの願いならば聞いてやろう」

聞いてくれるんだ。どれだけヘスティアのことをかわいがっているんだ……。

そう思いながらも、この機会を逃してはならないと、素直にお礼を言って頭を下げたのだった。

「なんで俺が……」

「ご、ごめんなさい、ガイさん。美味しいもの、たくさん作るから」

なんとか陛下の許可は得た。しかし、『俺は忙しいから、ガイ、後は頼んだ』と言って陛下は執務室へ戻っていってしまった。

押しつけられた形になったガイさんに申し訳なく思いながら、騎士団棟にある食堂の厨房へと向かっている。

ちなみにヴァルはお留守番。さすがに料理をするところに動物を入れるのはまずいからね。

そして私は気づいた。カレンさんやガイさんに私の口調について驚かれたが、この国は住んでいた村と違って鋭い人がいっぱいいそうだ。村の家族は適当にごまかせたけど、ここでは子どもらしく振る舞わねば怪しまれるかもしれない。

ということで、これからは少しだけ子どもっぽい話し方を意識してみんなと接することにした。

「別にいいけどよ。まぁあんまり期待はしてないが、やれるだけやってみたらいいぞ」

なんだかんだ言ってこうして私に付き合ってくれるガイさんは、いい人なのだと思う。せっかくの機会だ、美味しいものを作ってあげたい。

「おーい。すまねぇがこのお嬢ちゃんに調理場を貸してやってくれねぇか？　まあ陛下の命令だから、断るという選択肢はねぇけど」

厨房に着くと、ガイさんが料理人さんたちにそう説明してくれた。

ひょっこりとガイさんの背中から顔を出すと、皆さんかなり驚いた顔をしている。

うっ、そりゃそうよね。こんな子どもに……？と思われても仕方ない。

「お仕事中ごめんなさい。場所、お借りします」

しっかりと頭を下げてお願いすると、「まあ、陛下の命令だっていうし……」と渋々ながらも料理人さんたちは場所を使うことを許してくれた。

そのことにほっとしながら、まずは食材と調味料、調理器具のチェックを始める。

料理人さんたちから許可を得て、氷室や棚などの中をひと通り見せてもらったのだが、はっきり言ってものすごく驚いた。

「ガ、ガイさん……」

「うん？　どうしたヴィオラ、見たことねぇモンばっかで不安になったか？」

「いえ、ち、違うんです、なんて素敵なところなんだろうと思って‼」

平民育ちの私を気遣ってくれたのであろうガイさんに向かって、元気よくそう答える。

そう、さすが王宮と言うべきか、調理用具も食材もとても豊富に揃っている。

「パンだけじゃなくてお米もあるんですね！　野菜もお肉もこんなにたくさん……」

食材に限らず、調味料の種類も意外に充実している。

「しょ、しょう油がある……！　味噌も！　あっ、鰹節まである！　それにこの匂いはお酢？　ああ、すごいわっ……！」

じぃんと胸が熱くなり涙目になる。なんてことだ、食材と調味料、用具はしっかり揃っていたのだ。

くるりと振り返って料理人さんたちを見ると、ひとりで盛り上がる私に、びくっと肩を跳ねさせた。

「あの、こんなに色んな調味料があるのに、どうしてこんな棚の奥の方に置いてあるんですか？」

不思議に思ってそう尋ねてみる。そう、これらの調味料は棚の奥から見つけのだが、まるで使った形跡がない。

「あ、ああ。それは、王宮に出入りしている貿易商がはるか遠くの異国から入った珍しいものだからといって、つい最近持ってきたものだ」

ひとりの料理人さんがそう答えてくれる。するとその後を継ぐように別の料理人さんが口を開いた。

「俺たちの誰も見たことがないし使い方が分からない。貴重なものだというから置いているが、そもそも王宮で得体が知れないものを使うわけにはいかないしな。安心して使えるのは塩と砂糖だけだ」

なるほど、調理台の上には塩と砂糖しかのっていなかったし、この国でも味付けは塩と砂糖だけってことみたいね。

「じゃあ、これ、使ってみてもいいですか？」

「え？　お嬢ちゃんがか？　あ、ああ。まぁかまわねえけど……」

戸惑いながらそう答える料理人さんが、ガイさんをちらりと見た。

「そ、そうだな。なんだか分からんが、その調味料の名前は知ってるみたいだし、好きにやらせてやってくれるか？」

ガイさんがそう言うと、「それはまあ……、俺らは使わねえし……」と料理人さんたちから合意を得ることができた。

「わぁ、ありがとうございます！　頑張って美味しい料理を作ります！　楽しみに待っててください！」

首を傾げるガイさんと料理人さんたちに向かって、私はにっこりと微笑んで調理台についた……のだが、私には高すぎた。

「……よっ、……ほいっ！　んしょっ！　と、届かない……」

背伸びして必死で爪先立ちになってチャレンジしてみたけれど、高さが合わない。

「…………すみません、なにか台みたいなの、ありますか？」

そんな私を見て、料理人さんたちは笑みを零しながら踏み台を探してくれたのだった。

＊　＊　＊

「こちらの書類もお願いいたします、陛下」

その頃、国王であるシルヴェスターは、秘書官である眼鏡の男、フィルと共に執務室で書類仕事をしていた。

「ああ。……ヘスティアと行方不明になっていた末っ子はどうしている？」

「西の庭園で過ごしております。……貧しい村で保護されていたわりにはとても発育がいいですね。兄弟たちも彼を受け入れたようです」

フィルからの報告に、シルヴェスターは口元に手を置いて考える。たしかにそれはシルヴェスターも不思議に思っていた。

ヴィオラの身なりから、その暮らしが貧しかったことは想像に難くない。ではヴィオラが自分の分の食事を与えていた？

いや、そうだとしてもその量が十分だったとは思えない。あれは一見犬か狼に見えるが、聖獣・フェンリルの幼獣だ。ただの人間の、しかも貧しい食事を分けてもらったくらいであれだけ成長できたとは考えられなかった。

今でこそ他の兄弟たちと遜色ないほどに成長したが、生まれたばかりの頃はものすごく小さくて兄弟たちから弾かれていた。そんな中、隣国との戦争の後処理にと森に赴いた際に迷子になった、ヘスティアの末っ子。

それがヴァルだった。

「……あの少女になにか秘密があるのかもしれないな。それにしてもあの少女をこれからどうするか……」

「陛下、恩があるのは承知しておりますが、幼い子どもとはいえ得体の知れない者を長期滞在させるのは……」

フィルが苦言を呈するのに、シルヴェスターは眉をひそめた。その表情を見て、フィルははあっと深いため息をつく。

「小さくてかわいらしい少女を気にかける気持ちは分かりますが――」

「陛下！」

フィルの言葉を遮ったのは、興奮したガイが扉を開く音とその大きな声だった。

「陛下、フィル！　こっちに来てくれ！　すごいぞ、ヴィオラのやつ、天才だ！」

今まさに話題に上っていた少女の名前に、シルヴェスターとフィルは顔を見合わせた。

＊　＊　＊

火が通ってきたら、卵をくるりとフォークを使って巻いていく。

「す、すげぇ……！　フォークなんかでこんなに綺麗に……！」

だって菜箸なんてないし、フライ返しも大きすぎて上手く持てないんだもの。仕方がないなと諦めて代用したのがフォークだ。

「簡単に見えるかもですけど、結構難しくって。……よいしょっと！」

朝食の定番とはいえ、なかなか上手く作れないのよね。綺麗に巻けない！と苦労したことのある人も多いのではないだろうか。

単純だけど奥が深い、日本人なら多くの人が好きであろう、この料理。

「よし、できたっ！　皆さん、味見してみてください！」

ひと口サイズに切って料理人さんたちに食べてもらうと、大絶賛の嵐だった。

私が調理し始めてからずっと、作っているところをみんながそばで熱心に見ていて、細かく確認してた。きっと作り方を覚えてくれたはず。

だとしたら、ちょっとは役に立てたかな。

できあがった料理を、カレンさんに手伝ってもらいながら先程の部屋にワゴンで運ぶ。

すると、ガイさんが陛下と眼鏡の男性……改めフィル・ローマン、フィルさんを呼んできてくれた。

「これは……」

「見たことのない料理だな。これはスープか？」

「毒味はもう済ませたからな！　安心して食え！」

「席に座ってください。好きかどうか分かりませんが……。少しでも食べてもらえると嬉しいです」

テーブルにと促すと、席に置いた料理を見てふたりは口をあんぐりと開けて驚きの表情をした。

「お待たせしました、〝だし巻き玉子定食〟です！」

前世で私が得意だった、そして小さい頃から大好きだった〝定食屋そうま〟の朝の人気メニュー。実際に私がお客さんに作ったことはないけれど、かなりの完成度だってお父さんからもお墨付きをもらっていた。

「食べやすいように、ご飯はおにぎりにしてみました」

オニギリ？と言って首を傾げる陛下とフィルさんに、ご飯を軽く握って中に具を入れたものだと説明する。

意外にもこの国では結構お米が食べられているらしく、三人とも嫌いじゃないとのことだった。

「米で作ったオニギリ……と、これは卵、か？　こんな形のものは初めて見るな」

「それとこれはスープでしょうか？　変わった色をしていますが……」

だし巻き玉子とみそ汁を指してふたりが眉をひそめている。そうよね、見たことのない料理を警戒する気持ちも分からなくはない。

「とりあえず食ってみろよ！　絶っ対美味いからよ！」

すでに味見……というか一食分ぺろりと平らげたガイさんがわくわく顔をしてふたりをせっつく。そんなガイさんの催促に、恐る恐るふたりがフォークを手にした。

「おにぎりはそのまま手に取って食べてみてください。その方が美味しいと思います」

にっこりと微笑むと、まず陛下がおにぎりを、フィルさんがみそ汁をひと口。

「これは……」

「すごく、美味しいです……！」

もぐもぐと咀嚼（そしゃく）した後、ふたりは目を見開いた。

「おにぎりの具は、異国から渡ってきたという塩昆布を入れてみました。おみそ汁には鶏肉とキャベツ、それにニンジンとキノコが入ってます」

陛下とフィルさんは、へぇと私の話に耳を傾けてくれる。

よしよし、反応は悪くない、よかった！

できるだけ美味しく食べてほしいという思いで、さらに言葉を続ける。

「その卵はだし汁を含ませているので、そのままでもふんわりとした優しい甘みがあると思います。箸休め……って箸じゃないか、ええと、口の中をさっぱりとさせる浅漬けもあります」

私の説明に、ふたりは他の料理にも手を伸ばし、次々と口に入れていった。

「このさっぱりとした塩気のある野菜、オニギリとの相性が抜群ですね……！　それにこの卵料理、仄かな甘みと卵の風味がよく合います。この層のようになっている形も、とても美しいですね」

まるで美食リポーターのような食レポを披露するフィルさん。食べる前はあんなに料理を警戒していたのに、次々と口に入れている。

それからも、「本当に全部ひとりで作ったんですか？」「誰かに教わったとか？」とフィルさんは興奮気味に聞いてきた。

それらにしどろもどろになりつつ答えていると、陛下が訝しげにこちらを見ているのに気づいた。

ぱちりと目が合うと、陛下はすっと目を逸らし、なんと、野菜のたっぷり入ったみそ汁に口をつけた。

野菜など自分には必要ないと言っていたが、美味しそうに食べるフィルさんを見て、食べてみようと思ってくれたのかしら。

どきどきしながらその顔を見つめる。そしてごくんと飲み込んだのを確認し、その反応を待つ。

「——美味い」

「ほ、本当ですかっ⁉」

あまりに嬉しくて、つい身を乗り出してしまった。フィルさんとガイさんも、自ら野菜を口に入れた陛下を驚きの眼差しで見ている。

「ああ。今まで野菜もスープも美味いなどと思ったことはなかったが……。変わった味だが、悪くない。野菜だけでなく、肉も入っているのがいいな」

意外にもしっかり感想を言ってくれ、さらにもうひと口、具を口に含んでくれた。

「鶏肉からも出汁が出てますから。おにぎりやだし巻き玉子との相性もいいんですよ」

「ダシ？　よく分からんが、たしかにどれも美味い」

そこからはもう、陛下はとてもよく箸……じゃなくフォークが進んだ。

野菜嫌いならば、浅漬けは無理かなとも思ったのだが、ひと口食べてみると美味しかったようで、ぱくぱくと口に入れていた。そしてフィルさんとふたり、あっという間に完食。

「わぁ、全部食べてくれて嬉しいです！　ありがとうございました！」

前世で家族に料理を作っていた時の気持ちがよみがえる。久しぶりに作ったものを美味しく食べてもらえたことが嬉しくて、思いきり笑顔でお礼を言う。

「――いや。こちらこそ、礼を言う。ずっと戦争中だったからな、食事など二の次だった。だが今、初めて食事が美味いと思った」

無愛想な陛下の表情が少しだけ緩んだ。

そうか、長年の戦争で食事情が悪かったのかもしれない。厨房で会った料理人さんたちも、安心して使えるのは塩と砂糖くらいだって言ってたし、新しいものに挑戦するより現状を保つことが第一だったのかも。

「ふふ、よかったです。ご飯って、食べてる最中も食べ終わった後も、笑顔になるものなのだと思って。だから今すっごく嬉しいです！」

また料理で誰かを笑顔にすることができたのだと実感し、じんと胸が温かくなった。食材や調味料のことも知れたし、これだけでもここに連れてきてもらえたことに感謝したい。

けれどずっとここにいるわけにはいかない。色々あって疲れたのか、ちょっと眠くなってきたけれど、そろそろお暇の挨拶をしないと。

そう思って腰を上げた時、陛下がおもむろに口を開いた。

「おい、おまえ。この後、どこか行く当てはあるのか？」

「え？　いえ、その、特に決まっては……」

無意識に俯いてしまった私に、陛下は一拍間をおいた。

そして、突然こんな提案をしてきた。

「おまえ、ここに住まないか？」

「……え？」

「陛下⁉」

「へえ、いいじゃねぇか！」

呆気にとられる私、驚くフィルさん、乗り気のガイさん。そんな三者三様の反応に、陛下は面白そうに口の端を持ち上げた。

「王宮で、料理人として働いてみないか？」

美味しいご飯は争いを生む⁉

「おい、聞いたか？」

「聞いた聞いた！　あの〝悪魔王陛下〟が幼女を拾ったって？」

王宮で暮らさないかとヴィオラが誘われた日の夕方、早くも城内にはそのニュースが駆け巡っていた。

「拾ったというか、どうやら聖獣様の恩人らしいぜ？」

「そうなのか？　俺は料理人として勧誘されたって聞いたぞ？」

幼女、聖獣の恩人、料理人という、なかなか結びつかないワードがそれぞれから飛び出し、使用人たちは首を捻った。

「まあ……でも陛下のあの凶悪顔を目の前にして断りきれずに頷いちまったとか、そんな感じだろうな」

「ああ、そうかもな。しかも配属されたのが、あの騎士団専用食堂だっていうじゃないか。となるとどういう経緯であれ、時間の問題か」

己の主人の威圧感のある顔と騎士団専用食堂のことを思い浮かべ、使用人たちは苦笑する。

「かわいそうにな、拾われたのがあの陛下じゃな」

拾われたという少女に同情の言葉を零し、使用人たちは自分の仕事へと戻るのだった。

＊　＊　＊

王宮でお世話になることが決まった次の日。

「あくまおうへいか」

「ああ、そうだ。だからあんまり馴れ馴れしくしちゃダメだぞ？」

分かったか？と小さい妹をたしなめるように私に言い聞かせてきたのは、ここに慣れるまでの案内役としてフィルさんにつけてもらった騎士見習いのリック。十七歳、なんとフィルさんの弟だ。そう言われてみれば、ちょっとクセのある金髪こそ違う色をしているが、瞳は同じ紺碧をしている。

ちなみに陛下とフィルさんは二十一歳で同い年、ガイさんはその少し上の二十三歳。三人とも前世の私と同年代なんだと思うと、なんだか不思議な気分。

そして弟たちと同い年のリックに対しては、一生懸命なところやお兄さんぶるところがかわいいなと思ってしまう。

ついうっかりかわいいですねと口を滑らせてしまい、先程『ちびのくせに生意気だな！』と出会って早々怒られてしまった。

それをいいことに、私はリックに敬語を使わないことに決めたのだけれど、どうやら彼も違和感なく受け入れているようだ。

ためぐち（これ）は幼女の特権かもしれない。せっかくだから、色んな人に試してみたいところだけど。

「陛下、怒るとめちゃくちゃ怖えぇからな！　あの眼力で無言の圧力をかけられたら騎士のほとんどは恐れおののいて黙る。冷酷非道の悪魔王陛下、それがこの王宮での周知だ」

リックは王宮内を案内しながら、この国のことや王宮内の人のことを色々と教えてくれている。

「……怖い？　〝悪魔王陛下〟だなんて大袈裟（おおげさ）じゃない？」

「はあ⁉　ヴィオラ、変わってるな。あの凶悪顔を見て怖がらなかった人間なんて、数えるくらいしかいないって話だぞ？」

そう言われても、私はもっと強面の人を知っている。そして人は見かけによらないことも知っている。強面でも優しい人はいるのだ。

それに陛下のことは、綺麗な顔をしているし不愛想な感じはするけれど、私はあまり怖いとは思わなかった。

そもそもなぜ〝悪魔王陛下〟だなんてあだ名をつけられているかというと、それはここ数年の陛下が即位するまでの活躍が原因だという。リックによると――。

このシュナーベル王国は、数年前まで隣国――つい昨日まで私がいたリンデマン王国と戦争をしていた。

当時、シュナーベル王国は今の陛下とは違う、いわゆる愚王がその地位に就いていた。二国間で長年小競り合いを続けていたが、それが悪化し、戦争へと発展。自身も戦場へと赴き剣を振るったが、自国が劣勢になるやいなや、前王は尻込みして騎士たちを見殺しにして逃げようとした。

そんな前王を拘束し、代わりに先頭に立ったのが現国王、シルヴェスター・フォン・ライオネル陛下。

その烈火の如き怒りで前王を黙らせ、破竹の勢いで敵を掃討、その恐ろしいほどの強さと残忍な戦略で戦争を勝利に導いた。そして、臣下を見捨てる者などもはや王などではないと、前王を追放した。

……追放、とされているが、実際は拷問にかけて殺したのではとまことしやかに囁(ささや)かれているらしい。

その残酷さとその美しくも恐ろしい姿から、〝悪魔王陛下〟と呼ばれるようになったのだとか。たしかにリンデマン王国の辺境の村にいた頃、隣国には化け物みたいに強い騎士がいて、その騎士のせいで負けたとかなんとかって聞いたことがあった。

「う～ん。でも私が実際に陛下になにかされたわけでも、恐ろしい姿を見たわけでもないから」

見た目で判断したり噂を真に受けたりせず、自分の目で見て耳で聞いたことを信じるようにと、私は前世から心がけている。

「……おまえ、本当にちびのくせに生意気」

ぐっと一瞬言葉に詰まったリックが気まずそうにそう言う。

「まあ私は陛下に雇われた身だから。ヴァルと共にここで暮らすことを許してもらって、お仕事までもらえて。陛下には感謝してるの！」

にっこりと微笑んでそう答える。

そう、陛下はとりあえず王宮の騎士団専用食堂で働くように私に指示した。なぜ騎士団専用食堂なのかといえば、元々騎士団に所属していた陛下は、今でもこちらを利用することが多いからだそうだ。

リックに案内役の白羽の矢が立ったのも、騎士団棟の中に詳しく、騎士団に所属している見習いの中で最年少だったから。そうして、そこで基本的に陛下の食事を作るようにと言われた。とはいえまだ子どもなので、三食は大変だろうとの配慮をいただき、昼食と夕食の二食のみ作ることになった。それ以外の時間は自由。

行動範囲は限られているが、ヴァルとも会えるし特に不便なことはないだろう。

「でもおまえ、そんなに料理が得意なのか？　それなら折角だし、俺の分もなにか作ってくれよ」

「そうねぇ……。料理人さんたちからの許可をもらえたらね」

リックの申し出はとても嬉しいものだが、それはどうかしらと苦笑いを返す。

仕事には役割分担というものがある。当然厨房には厨房のルールがあるはず。ぽっと出の人間、しかもこんなちびっこが好きなように厨房を使い思うように料理をするなど、許されるはずがない。

陛下の分は命令だから作らせてもらえるだろうけれど、その他の騎士の分まで手を出していいかは分からない。

「とにかく、まずは少しでも場所を貸してやってもいいって思ってもらえるように頑張らないと」

陛下の命令とはいえ、こちらは場所と用具、それに材料を借りる立場。そのことを忘れずに謙虚な気持ちでいなければ。

「お、やる気だなちび助」

「……さっきから気になっていたんだけど、ちびとかちび助って呼ぶのはやめてよね。私にもちゃんと名前があるんだから」

「ははっ、そりゃ悪かった。頑張れよ、ヴィオラ」

ぽんぽんと少し雑にリックが私の頭を撫でる。ちっとも悪びれない表情のリックだが、応援してくれている気持ちは伝わってきたので、おとなしく撫でられておこう。

それに、こうして応援してくれる人がいるのはとてもありがたいことだもの。

「……早くリックに私の料理を食べてもらえる日がくるように、これから頑張るね」

「おう。……まあ気をつけてな」

どことなくはっきりしない様子のリックを不思議に思いながらも、私は改めて気を引き締めて厨房へと向かうのだった。


「おい！　来たぞ！」

案内してくれたリックと私が厨房に足を踏み入れた瞬間、料理人さんたちからざわりとどよめきが起きた。

な、なんだろう。ひょっとして無視されるパターンもあるかしらと思っていたのだけれど。

リックとふたり何事かと戸惑っていると、料理人さんたちがこちらにやって来て整列した。

「「「「お待ちしておりました！　よろしくお願いいたします‼」」」」

まるで洗練された騎士の上官に対する挨拶のように、頭を下げる角度まで揃っている。

昨日はあまり気にならなかったのだが、よく見れば筋肉隆々の男性ばかり。ぽかんと呆気にとられる私たちに、料理長さんが一歩前に出た。

ちなみに料理長さんは、推定五十歳代の恰幅のいい強面おじ様。いかにも頑固そうな雰囲気の、プライドを持って仕事をしてます！という感じの方だ。

昨日私がだし巻き玉子定食を作る時もこちらにお邪魔させてもらったのだが、始終すごい目をして見ていた。黙って場所を貸してくださったけれど、きっと内心では怒っていたのではないかと思っていたのだが……。

料理長さんは私の前までゆっくりと歩いてくると、コック帽を取って頭を下げた。

「お待ちしておりました」

その大きな体躯を折り曲げる姿に、リックも私もいまだ固まったままだ。

「昨日、あなたの料理を作るところをそばで拝見しておりましたが、実に見事でした。短時間で四品作る手際の良さ、片手で卵を割りそしてあのように焼いた卵を美しく巻く技術、様々な調味料や具材を組み合わせ未知なる味を作り上げる創造性！　私たちは衝撃を受けたのです」

……まるで世紀の大発見をしたかのような大袈裟具合だわ。

「私は……今までの自分に誇りを持って料理長を名乗っていたことが恥ずかしい！　あなたの知識と技術に比べたら！　私など赤子のようなものです！」

そ、そんなに泣きながら熱弁しなくても……。

「お願いします！　本日より私の代わりに料理長を名乗ってください！　そしてあなた様の持つ料理のいろはを私共にお教えください！」

「「「お願いします！」」」

料理長さんに合わせてうしろに並ぶ料理人さんたちも再度頭を下げた。

「……とりあえず危惧していたようなことにはならなさそうだぞ？　けどヴィオラ、おまえ昨日なにやったんだ？」

「……普通にご飯作っただけだけど……」

料理長さんたちの熱すぎる、そして極端すぎる考えに、リックと私はドン引きした。

「あっ、俺訓練に行く時間だ！　じゃあなヴィオラ、上手くやれよ！　昼メシ、楽しみにしてるからな！」

「あっ、ひどい、リック！　この状況で私だけ置いていくぅ⁉」

なんとリックは私を置いて逃げてしまった。

「新料理長、本日のメニューはいかがなさいますか？」

料理長さんの声にそろりと振り返る。するとたくましい料理人さんたちが揃って私を見ていた。

りょ、料理人というより体育会系の部活の集まりじゃないの⁉と声に出したくなるのをこらえて、私はこれからよろしくお願いしますととりあえず頭を下げたのだった。

「ええと、じゃあ、今日はから揚げ定食を作ろうと思います」

「「「「カラアゲテイショク！」」」」

前のめりになった料理人の皆さんに、びくりと肩を震わせる。

「こらおまえたち！　ヴィオラ先生が怯えているだろう、やめんか！」

そこへ料理長さんがたしなめてくれた。ちなみに、料理長さんは料理長のままでお願いします！という私の懇願を渋々受け入れてくれ、そのままの地位となっている。では私の地位はどのように……？と聞かれたので、料理長以外ならなんでもいいですと適当に言ったら、先生呼びされることになってしまった。

そして私は陛下の分を作るので皆さんはいつも通りにお仕事を……と伝えたのに、ぜひご一緒させてください！と譲らなかった。もうなんでもいいか……ともはや諦めの境地となり、今に至っている。

「こほん、それで先生、カラアゲテイショクとはどのようなものでしょうか……？」

「えっと、から揚げをメインにして、スープとか他のおかずを添えてセットにしたものを『定食』っていうんです。定食は豪華に見えるし、栄養バランスが優れていることが多いんです。それに、男の人にも、女の人にも好まれるメニューだと思います」

簡単な説明に、ほうほうと皆さんが頷く。中にはメモを取っている人もいて、厳つい外見なのになんて生真面目なんだろう……と感心してしまった。

「から揚げとは、ひと口大に切った鶏肉を揚げた料理です。あと、スープは昨日と同じみそ汁で、具を変えて作ろうと思ってます。副菜はホウレンソウの胡麻あえにして……。から揚げに添えるのは千切りキャベツとレモンがいいかな」

メニューについて伝えていくと、何人かの料理人さんが眉をひそめた。

「あ、あの……。陛下は野菜嫌いなので、生のキャベツはどうかと……」

言いにくそうにひとりの料理人さんがおずおずと手を上げた。

「ええ、知っています。ですが、揚げ物にこのキャベツは欠かせないんですよ！」

から揚げやトンカツには千切りキャベツ。定番の付け合わせだ。

「でもたしかに、野菜嫌いの人になにもかけずに食べてもらうのは、難しいのかもしれませんね……。あ、そうだ、マヨネーズをつけましょうか。それか胡麻ドレッシングでもいいかも」

これだけ材料や調味料が豊富なのだから、当然あるでしょうと軽く考えていた私は、馬鹿だった。

「ま、まよ……？」

「胡麻……ドレッシー？」

料理人さんたちのこの反応。

「え？　……ま、まさか……⁉」

たらりと汗が流れ落ちる。

「申し訳ありません、ヴィオラ先生。我々、そのマヨ……なんとかと、胡麻ドレッシー？とやら、見たことも口にしたこともございません……！　くっ！」

ものすごく悔しそうに料理長さんも項垂(うなだ)れた。そ、そんなに落ち込まなくても……。

「ええと、それなら作ってみます。ちょっと大変ですが、作れないことはありませんし」

そうよね、ないのならば作ればいい。

マヨネーズといえば、順番に材料を入れながらひたすら混ぜて作るもの。ちょっとばかり力を使うし混ぜる手を止めないようにしないといけないから大変だけれど……。

そこまで考えてはたと思い至る。目の前にはまるで騎士かと見間違うかのようなたくましい体躯の料理人さんたち。

「……いえ、やっぱりそんなに大変じゃないかもしれません」

ボウルから飛び散らないようにだけ気をつければ大丈夫そう。皆さん剛腕そうだし人数も揃ってるから、交代でやればそんなに難しくないだろう。

ということで料理長さんに、みそ汁班、キャベツ班、から揚げ班、マヨネーズ班に分けてもらった。

ちなみにみそ汁班は、昨日私が作るのを見て覚えていたため、ほぼ口を出さずにお任せすることにした。

「昨日の今日で我々に任せてくださるなんて感激です！　失敗しないよう、細心の注意を払って作ります‼」

出汁さえちゃんと取れば、みそ汁を失敗することってなかなかないから大丈夫ですよ？　そう言いたい気持ちをのみ込んで、よろしくお願いしますねと笑顔で頼んでおいた。そんな反応に対してもなぜか感激されたのだが、触れない方がいい気がして、そっとしておくことにした。

キャベツ班はひたすら千切りキャベツとレモンのくし形切りを、唐揚げ班にはひと口大の大きさに鶏肉を切っておいてもらう。

「それじゃあ、こちらではマヨネーズを作ってください。材料はこれです」

今日は基本のマヨネーズを作るつもりなので、卵黄、塩、酢、油、これだけ。

マヨネーズ班の人たちがこんなものでなにを……？という表情をしている。

「まず卵黄と塩と酢をホイッパーで混ぜてください。もったりするまでお願いします」

見るからに剛腕そうな料理人さんがホイッパーを手にして混ぜていく。うんうん、いい感じ。

「じゃあ次に油を少しずつ足していきます。入れすぎないように、最初は少量ずつ、足したら混ぜて、足したら混ぜてを繰り返します」

「あ、油ですか……？」

「はい。心配しなくて大丈夫ですから、さあ！」

不安そうな料理人さんに先を促す。

まあそうよね、普通に考えたら油でギトギトになるんじゃないかと思うよね。たしか乳化っていうんだっけ、この材料だけであのマヨネーズになるのだから不思議である。

「な、なんかクリームみたいになってきたぞ……？」

ボウルの中を覗き込めば、おお、いい感じ。

「わぁ、すごいっ！　お上手ですね！」

私ではこんなに早くできないだろう。幼女の力じゃかなり難しいもの。

褒められて気を良くしたのか、それから料理人さんはかなり張りきって混ぜてくれた。しかし、さすがに十分くらい経つと、ようやく疲れが見え始めたため、混ぜる人を交代し、足す油の量を増やして混ぜていく。この調子なら三十分もかからないかも。

「先生！　鶏肉、切り終わりました」

「あ、はい！　ではこのまま続けて混ぜていてください」

マヨネーズはひとまず任せておいて、ぱたぱたとから揚げ班の方へ移動する。

「たくさん切ってくださって、ありがとうございました。それじゃあ次はこれに味を染み込ませていきます」

本当は半日くらい漬けておきたいところだが、今回は仕方がない。

「塩こしょう、おろしショウガにおろしニンニク、しょう油と酒を混ぜたものにお肉を浸してもみ込み、しばらく漬け置きます」

「そ、そんなに色んなものを混ぜるのですか？」

そんなに多いかしら？と思ったが、よくよく考えれば、この世界の常識は塩こしょうで焼くか生で食べるかくらいの味付けだったことを思い出した。うーんと少し考えてから、口を開く。

「分量を間違えなければ、大丈夫です。同じ食材でも調味料の組み合わせひとつで、全然違った料理になるんです。色んなものを合わせてみたら意外と美味しい！っていうこともあるので、色々試してみると面白いですよ」

そう、自分で調味料の配合を考えるのも楽しいものだ。最初から、これは合わないとか決めつけないでやってみればいい。

「自分だけの〝美味しいレシピ〟が見つけられたら嬉しいし、そのお料理で誰かが喜んでくれたらもっと嬉しいなって」

私もいつか大切な人と、美味しいねって、食卓を囲みたいなって思ってた。

今世でその夢が叶うかは、まだ分からないけれど。

「とにかく今は、美味しいご飯を陛下に作って、皆さんにも食べてもらいたいって思っています。改めてよろしくお願いします！」

私を雇ったのは陛下の気まぐれだったと思う。でも、これが転機だと思って頑張ってみたい。

そんな気持ちで、再度皆に向かって頭を下げる。

しかし、シーンと静まり返ってしまったのを不思議に思って、ぱっと顔を上げる。すると。

「な、なんと素晴らしい……‼」

感動に震える料理長さんが目に入り、ぎょっとする。

「この幼さでそのような達観したことを……！　ヴィオラ先生、いや、師匠と呼ばせてください！」

がばりと両手を取られ、ぶんぶんと上下に振られる。

う、腕、抜けちゃう……‼

「りょ、料理長！　先生……いえ師匠の腕がちぎれてしまいます！」

「むっ⁉　おお、大変申し訳ありません。興奮してしまい、つい」

抜けるどころかちぎれるような力だったらしい。けれど、とりあえず止めてくれた人のおかげで私の腕はなんとか無事である。

「先生〜！　もう油全部入れ終わってクリーム状になりましたけど、まだですかぁ〜？」

「あ、はいっ！　わ、すごい、オッケーです！」

ずっとマヨネーズをかき混ぜてくれていた料理人さん、さすがです……！　固さもちょうどいい感じで、まさしくマヨネーズ！　他の方々も物珍しそうに覗いてきたので、試しに棒状にカットした、キュウリにできたてのマヨネーズをつけて試食することに。

「なんだこれ⁉　めちゃくちゃ美味い！」

「ウマっ！　キュウリがいつものキュウリじゃない……⁉」

目を輝かせて大絶賛してくれているところを見ると、どうやらマヨネーズはこの世界でも十分受け入れられそうだ。

「手作りなのであまり日持ちはしませんけど……。二、三日で使いきっちゃってくださいね」

「「「いや、一日でなくなるだろコレ」」」

満場一致でそう返され、苦笑いを零す。この様子だと、マヨラーが増えそうな予感だ。

「ええっと、マヨネーズはこれだけでも美味しいんだけど、他にも色んなドレッシングがあるので、次は胡麻ドレッシングを作ろうかなと。あ、ちなみに、ドレッシーじゃなくて、ドレッシングですよ？　生野菜にかけて食べるんです」

生野菜をそのまま食べるだけなら、野菜嫌いな人が多いのも納得だ。

陛下も昨日の浅漬けは食べていたし、ひょっとしたらドレッシングやマヨネーズをかければキャベツやきゅうりも食べられるかもね。

「作り方は、胡麻にマヨネーズ、砂糖と酢、しょう油とごま油を少し、これを混ぜるだけです。胡麻たっぷりだと美味しいですよ！」

胡麻は栄養価も高いし、ぜひともたっぷり摂ってもらいたい。

「あ、すり鉢もありますね。せっかくなのですりたての胡麻で作ります！　胡麻はすった方が栄養の吸収がいいから……あ、でも酸化しやすいので食べる前にすりますね」

「し、師匠はそんなことにも詳しいのですな……！　最後の方はなにを言っているのかよく分かりませんでしたが」

料理長さんが驚きながらも戸惑う様子を見せた。そうか、前世の栄養学はこちらでは通用しないのか。こういう話になると止まらなくなってしまうのだが、混乱させてしまったみたい。

「あ、ごめんなさい。ええと、とりあえずできたてのものは美味しくて体にいいって話です！」

発酵食品とかは別だけど。そう心の中で付け加えて話せば、なるほどと料理長さんも納得した様子だ。

「――さあ、ドレッシングもこれで完成ですね。付け合わせもＯＫ、みそ汁もよさそうだし、そろそろ鶏肉を揚げていきましょー！」

キャベツは十分に切れたみたいだし、みそ汁も味見をしたがバッチリだ。

「師匠！　今日はきちんと台をセットしてありますので、安心してください！」

なんと調理台が高すぎる私のために、あらかじめ昨日と同じ踏み台を用意してくれていたらしい。

「あ、ありがとうございます……。えと、じゃあさっそく……」

そっと台の上に乗ると、準備してくれた料理人さんが満足そうな顔をした。

ちょっと不本意ではあるが、これがないと調理台が高すぎるので仕方がない。

気を取り直して、調味料を漬け込んだ鶏肉に片栗粉をまぶし、別のバットに小麦粉を用意する。

「粉をしっかりまとわせてから、加熱しておいた油にそっと入れて揚げます」

この瞬間は毎回どきどきする。

静かに油の中に入れた時のじゅわっと鳴る音。食欲をそそる香りが立って、お腹が鳴りそうになる。

「う、美味そう……」

「この香りだけで分かる。絶対美味い」

料理人さんたちの会話に思わず笑みが零れる。前世でも、から揚げを作っていると毎回匂いにつられて弟たちが覗きに来てたっけ。

「揚げたて、味見してみます？」

「「「「いただきます‼」」」」

素直すぎるガタイのいい料理人の皆さんに、声を上げて笑ってしまった。

「うめぇ……！　美味すぎる‼」

「俺、これなら百個くらい食える」

「馬鹿野郎！　独り占めする気かおまえ！」

サクサクジューシーなから揚げを頬張りながら涙を流す勢いで味わっているその姿が、面白くて仕方がない。

「あの、これは味見ですからね？　ほら、揚げたものをバンバン盛りつけていってください」

仕事だということを忘れないでくださいねと一応釘を刺しておく。

「あ、そうだ。添えてあるレモンを搾ってみると、また違う味わいが楽しめるので、よかったら、後で試してみてくださいね！」

「「「「絶対やる‼」」」」

テンション最高潮となった料理人の皆さんは、そろそろ昼食にやって来るはずの騎士たちの分を手際良く盛りつけて準備していく。

早く終わらせてつまみ食いしようとしているのだろう。それくらい美味しいと思ってくれたことが嬉しくて、揚げながらくすくすと笑ってしまう。

「こほん。部下たちがすみません」

「大丈夫です。それに味見とつまみ食いは作る人の特権ですから」

恥ずかしそうにする料理長さんに微笑む。

「それより、陛下と、騎士さんたちのお口に合うか心配で」

「それは無用な心配というやつですな。むしろおかわりの嵐がくるのではないかと危惧しております」

「それは……大変そうですね」

屈強な騎士たちが押し寄せる光景を想像して苦笑いする。リックも来てくれるだろうし、後から味の感想を聞いてみたいところだ。

「あ、そういえば陛下の分はどうやって持っていったらいいですか？　私、ここから陛下の執務室への道が分からなくって……」

せっかくだから作りたてを食べてほしいのだけれど。

「ああ、それなら……」

「失礼します。料理を取りにまいりました」

タイミングよくカレンさんがワゴンを押して現れた。

「ヴィオラ様、おつかれさまです。陛下とローマン卿の分をお願いいたします」

「あ、はいっ！」

最後のから揚げを揚げ終え、手早く盛りつけてワゴンにのせていく。

「とても美味しそうな香りがしますね。それに、ローマン卿の分もヴィオラ様がお作りになったのですか？」

「あ、いえ。実は料理長さんが、陛下の分だけでなく騎士さんたちの分も一緒にと言って、みんなで分担して作ったんです」

簡単に事情を話せば、カレンさんは驚き目を見開いた。

「まあ……あの気難しいことで有名な料理長が？　陛下といい、ヴィオラ様はどんな魔法をお使いになったのですか？」

どうやらかなり珍しいことのようで、そんなふうに言われてしまった。珍しい料理に興味を持ってくださったんでしょうねと、当たり障りのない答えを返す。

「わ、私はなにも。あ、料理が冷めちゃいますから、行きましょう！」

「あ、そうですね。失礼いたしました。ではまいりましょうか」

「え？」

まいりましょうってことは、まさか私も……？という表情でカレンさんを見た。

「もちろんヴィオラ様もご一緒にお願いします。あ、ヴィオラ様の分のお料理はもうワゴンにのせましたので大丈夫ですよ」

……それは食事を一緒に、ということ？

それってどうなの？と思いながらも、とりあえずおとなしくカレンさんについていくことにしたのだった。

そうして陛下の執務室に到着し、ノックをして入室する。すると中では、陛下とフィルさんが机に向かって仕事をしていた。

「失礼いたします。ヴィオラ様と共に、お食事をお持ちしました」

「ああ、ご苦労だったな」

カレンさんの呼びかけに、陛下はふうっと息をついてペンを置いた。

わ、仕事している真面目な顔も、ちょっと疲れてため息をつく姿も、すっごく絵になる。美形ってすごい。

私がぽーっとしていると、陛下はワゴンを見てから私の方へと視線を移した。

「……ずいぶんといい匂いがするな」

「あ、はい！　本日は〝から揚げ定食〟をお持ちしました！」

我に返った私は、カレンさんと一緒に食事の準備をする。執務机は書類の山でいっぱいなため、どうやら応接セットの方で食事をとるようだ。

するとフィルさんも立ち上がり、ソファの方へとやって来た。

「……今日もとても美味しそうですね」

「そうですか？　お口に合うといいのですが。冷めないうちにどうぞ」

昨日のだし巻き玉子定食を食べてから、フィルさんの私への態度がかなり軟化したように思う。

胃袋を掴んだってやつかしら？　初対面の時はすごく警戒していたのに……。

美味しい料理って偉大である。

ソファに座った陛下は、まずから揚げに興味を持ったらしく、じっと見つめている。

「カラアゲ、だったか。この肉料理のことか？」

「はい。そのまま食べてもらってもいいし、添え付けのレモンをかけてもらってもいいです。レモンをかけるとさっぱりと食べられますよ」

「そうか。では、いただく」

ぶっきらぼうな言い方ではあるが、ちゃんと陛下は〝いただきます〟っぽい仕草を見せてくれた。それに続き、フィルさんもフォークを取った。

サクッ
「……！」

「んっ……！　これは、美味しいですね……！」

口に入れて噛み切った時の音。

そしてしっかり味のついたから揚げに、美味しさと驚きに目を見開く姿。そんな、ふたりの反応に満足して、私は微笑んだ。

「お口に合ったなら、よかったです！　……じゃあ、私も、いただきます」

もぐもぐと咀嚼するふたりを見ながら手を合わせる。

まずはみそ汁をひと口。うん、出汁の味がしっかり出ていて素晴らしい出来だ。

そしてレモンをかけたから揚げをフォークで刺す。それだけでサクッとした感覚が分かり、自然と笑顔になる。

口に入れれば、思っていた以上に熱々で、はふはふと熱を逃がしながら頬張る。

「うーん！　美味しい！」

懐かしい味がする。お米もみそ汁もから揚げも、ちゃんと前世の記憶が覚えている。

懐かしさからなのか美味しいからなのか、じんわりと目に涙が滲んだ。

そんなふうに噛みしめるようにから揚げを頬張っていると、陛下とフィルさん、そしてカレンさんにじっと見つめられていることに気づいた。

「あっ、ご、ごめんなさい！　つい……！」

しまった、陛下たちの存在を忘れ、自分の世界に浸ってしまっていた。

完全に無作法というか不遠慮というか、とにかく恥ずかしい！　泣きそうになった顔を見られたことも羞恥心を刺激する。あわわわわ！と両手で顔を覆って下を向くが、頬の熱さが半端ない。

と、向かい側からぷっと噴き出す声が聞こえた。

「気にするな。それにしても、おまえ本当に美味そうに食べるな」

「ええ、美味しくて泣きそうになるなんて、見ているこちらの頬が緩んでしまいそうです」

わ、笑われてるーーーーー‼

しかも美味しすぎて泣いたと誤解されてるし！

昨日のお腹の音といい、本当に私はなにをやっているのか。穴があったら入りたい。

恥ずかしさのあまり、今度は涙目になりつつある。

「……陛下、ローマン卿、そのあたりで。ヴィオラ様が茹でダコのようになっております。……ふっ」

か、カレンさんにまで笑われた……！

「も、もう……！　私のことより、他のお料理も早く食べてください！」

この空気に耐えきれなかった私をようやく解放して、陛下とフィルさんは食事を再開した。

「うん、レモンをかけたカラアゲもとても美味しいです。昨日とは具が違いますが、ミソシルも。ご飯がとてもよく進みます」

今日も饒舌(じょうぜつ)なフィルさんはすっかり定食を気に入ってくれたみたい。

あ、そうだ、キャベツ。陛下のお皿を見ると、やはりから揚げが順調になくなっているのに対し、キャベツにはまったく手がつけられていない。

「陛下、キャベツには、このどちらかをかけてみてください」

「ん？　なんだそのドロドロしたものは」

マヨネーズと胡麻ドレッシングを見て、陛下は眉をひそめた。

初めて見るものだから仕方ないけれど、それにしても顔が怖い。

「生野菜にかけると美味しいソースみたいなものです。こちらがマヨネーズ、こちらの少し茶色っぽい方が胡麻ドレッシングといいます」

簡単に材料なども説明してみると、フィルさんはかなり興味を持ってくれたようで、両方少しずつキャベツにかけてくれた。

「これは、キャベツがものすごく美味しく感じますね！　みずみずしいキャベツにどちらもよく合う。しかもから揚げの後に食べるとさっぱりして、またから揚げが美味しく食べられそうです」

さすがのフィルさんのコメントに、そうでしょう⁉と前のめりになる。

「でしょ、でしょ⁉　それに、キャベツは脂質の吸収を抑えるので、揚げ物を消化する時の胃の負担を減らしてくれるんですよ！」

「シシツ？　ショウカ？　食べ物のことは私にはよく分かりませんが、そうしたきちんとした理由があるのはとても素晴らしいことですね。あなたはまだ幼いのに、とても賢い」

フィルさんに褒められて調子を良くした私は、さらに口を滑らせてしまう。

「ちなみにその胡麻ドレッシングに使われている胡麻は、二日酔いにいいとされています。お酒を飲みながらのから揚げ、胡麻ドレッシングがけのキャベツ添えなんていかがですか？」

「ほう……興味ありますね」

手でクイッと眼鏡を直す仕草がとてもサマになる。思った通り、フィルさんなかなかイケる口ですね？

「……おまえたち、少し落ち着け」

フィルさんとふたり盛り上がっていると、はあっと陛下のため息が落ちた。

「あ、す、すみません……」

「こほん。……失礼いたしました」

はしゃぎすぎてしまったことに気づき、再び縮こまる。

「まあかまわん。フィルがそこまで言うのだ、美味いということなのだろう」

さすがにそろそろ叱られるのではと思ったのだが、陛下は気にした様子もなく、マヨネーズと胡麻ドレッシングの容器を手に取った。そしてそのままキャベツにかける。

少々量は控えめであるが、試してみようと思ってくれたことが嬉しい。どきどきしながらキャベツが陛下の口に入っていくのを見守る。

口に入れる瞬間に少しだけためらう素振りはあったものの、陛下は思いきってキャベツを口に入れた。

「！」

陛下は両眉をピクッと上げて目を見開く。

そうしてシャキシャキと噛みながら驚いた表情は見せたものの、ひと言も発しない。ごくりと飲み込まれたのを見届け、はらはらしながら感想を待つ。

「……ふっ。そんなにじろじろと見てくれるな」

「はっ！　あ、す、すみません」

「先程からそんなに謝らなくてもいい。別に俺は怒っているわけではない」

ふっと陛下の表情が緩んだ。

わ、こんなふうに笑うんだ。普段は近寄りがたい感じがするけれど、笑うと優しい雰囲気になるのね。

陛下の笑顔に見とれていたことに気づいてはっと視線を移すと、フィルさんが陛下を見て驚いた表情をしていた。

「そ、そういえばキャベツはいかがですか、陛下」

フィルさんがそう尋ねると、陛下はもう元の仏頂面に戻ってしまった。

「ああ、これなら食べられる。カラアゲと交互に食すと美味いな」

キャベツもいけると分かった陛下はそのままパクパクと食べ進め、フィルさんと共にあっという間に完食してしまった。

「美味かった」

「ええ、とても」

「嬉しいです！　ありがとうございました！」

やっぱりこんなふうに美味しかったと言ってもらえると、すごく嬉しい。もちろんお父さんやお兄ちゃんの方が腕は上だったけれど、私だって料理が大好きだったから。

「ガイに怒られそうだな、俺たちだけズルいと」

「そうですね。ヴィオラ殿、今日は私の分まで作ってくださってありがとうございました」

あ、フィルさんが名前で呼んでくれた。

「いえ、ヴィオラ様が作ったのは、おふたりの分だけではありません」

そこへ声を上げたのは、カレンさんだ。

「？　どういうことだ、カレン」

「はい、ヴィオラ様は料理長をはじめとする料理人たちと早くも打ち解けたご様子。初日の今日から作業を分担して騎士たちの分もお作りになったとのことです」

カレンさんの説明に、陛下は少し目を見開いたけれど、すぐにそうかと納得した様子だ。

「おそらく今頃エルネスト卿も食堂でこのカラアゲテイショクを召し上がっておられるのではないかと思われます」

「はは。ガイのことだ、食堂で美味いと絶叫していそうだな」

フィルさんの言う通り、私もから揚げを頬張って「美味い！」と言ってくれているガイさんの姿が想像できた。

リックも食べてくれているかしら。騎士の皆さんも気に入ってくれているといいのだけれど。

「それにしても、あのクセのある騎士団専用食堂の料理人たちと昨日の今日で上手くやれるとは思ってもみなかった。おまえ、なかなかやるな」

ぽんぽんと陛下が私の頭を撫でた。うわ、なんか恥ずかしい。

「……そんな、皆さんとてもいい人たちでした。クセは……その、たしかにちょっとあるかもしれませんが」

「はっ、正直だな。だが上手くやれそうでよかった、夜も頼む」

そう言うと陛下は机に戻って仕事を再開した。フィルさんも腰を上げ、食器を下げる手伝いをしてくれた。

キャベツも綺麗に食べて空っぽになったお皿を見ると、自然と笑顔になる。

「はい！　また夕食の時間になりましたら、お持ちします」

ああと短く返してくれた陛下にお辞儀をして、カレンさんと共に退室し、ワゴンを押して食堂へと戻る。

その道中。

「あ、そういえば、ヴァルのご飯のことを忘れていました！」

しまった、お腹を空かせて泣いてはいないだろうか。

「ヴァル……。ああ、ヴィオラ様と一緒にいたヘスティア様のお子様のことですね」

カレンさんに頷きを返すと、それならば大丈夫ですよと言われた。

どうやらヘスティアや兄弟たちと一緒にちゃんとご飯をもらっているみたい。って、まあそりゃそうよね。村にいた時よりも豪華で十分な量のご飯をもらっているだろうし、心配することなんてなかったのか。

でも今日は全然触れ合えていないし、後で会いに行ってみよう。

「それよりヴィオラ様、食堂に戻ったらきっと、ヴィオラ様の作った料理のことで騎士たちが盛り上がっていると思いますよ」

「ええ？」

カレンさんの少し悪戯な微笑みに、苦笑いする。まあから揚げなんていかにも体育会系男子の好むメニューだから、それなりに喜ばれているとは思うけれど……。

「奪い合いなど起きていないか、心配ですわね」

そんなまさか。

カレンさんも冗談なんて言うのねと思いながら、廊下を進んでいくのだった。


「……まさか」

「あらあら、予想通りですわね」

食堂の扉を開けた瞬間、衝撃的な光景が目に飛び込んできた。

「あああ～っ‼　ズルいですよ団長！　それ、俺の分！」

「はっ、油断している奴が悪いんだ愚か者め！　このカラアゲはもう俺のものだ！」

「おいリック、おまえだけなんでカラアゲが一個多いんだよ⁉」

「そんなの知りませんよ！　俺の皿にのってたんだから、これは俺のです！」

ガイさんやリックをはじめとする騎士の皆さんが、から揚げを奪い合ったり奪おうと狙ったりしてぎゃーぎゃー騒いでいる。

これが王国の騎士団……。この国、大丈夫かしら……？

そんな不安を感じながらちらりと隣を見上げれば、カレンさんが呆れたような表情をしている。そうよね、とりあえずこの場をなんとか収めないと。

息をすうっとめいっぱい吸い込み、口を開く。

「やめてくださーーーーいっ！」

すると、突然響いた私の声に、ぴたりと食堂内の人の動きが止まる。

「ガイさん！　大人なんだから、ちゃんとから揚げは返してあげてください。そんなことをする人には、もう作りませんから」

「なっ……⁉　頼むヴィオラ、それだけは……‼」

じーっと見つめると、ガイさんは気まずそうにから揚げを元の皿の上に戻した。

「あの、お皿にのせられた分がひとり分です。数の違いがありますが、お肉の大きさで加減しているので、いちゃもんをつけるのはやめてくださいね」

リックに絡んでいた先輩らしき騎士もまた、気まずそうに胸ぐらを掴んでいた手を放した。

あちらこちらで、諍(いさか)いをやめておとなしく座る姿を見て、私はにっこりと笑った。

「から揚げをそんなに気に入ってくれたことは、とても嬉しいです。皆さんありがとうございます。でも、争うのはやめてくださいね」

は、は〜い……とガイさんが小さく返事をしたのが聞こえる。

「では、午後の訓練に備えて、たくさん食べていってください。国のために頑張っている皆さんのために、夕食も腕によりをかけて作りますから。そうだ、から揚げもうひとつずつ行き渡るよう、特別に追加で作りますね！」

「「「「お、お願いします‼」」」」

うおおおおお！　と喜びの声が上がる。

よし、上手くいった。体育会系の男性には、ご褒美作戦が有効なことが多いのだ。

ようやく食堂内が落ち着いたのを見て、ほっと息をつく。

すると、隣でカレンさんがくすくすと笑っていた。

「素晴らしいです、ヴィオラ様」

「いえ……。さっさと洗い物を終わらせて、夕食の下ごしらえに入らないといけませんね」

啖呵を切ってしまったのだ、夕食も手を抜けない。

「でも、陛下もフィルさんも、ガイさんや騎士さんたちも。みんなに喜んでもらえて、よかったです」

わいわいと賑やかなこの光景が、常連さんたちが集っていた定食屋に似ていて、なんだか懐かしい。

「私たちも、ヴィオラ様にここに来ていただけてとても嬉しいです。改めまして、これからよろしくお願いしますわ、ヴィオラ様」

柔らかい表情のカレンさんに私も笑みを返す。

「こちらこそ、よろしくお願いします！」

その日は、久しぶりに料理をたくさんして、賑やかな輪の中に入って。とっても充実した一日だった。

「つ、疲れた……」

夜、与えられた自室に戻るなり、ベッドにぽすりと倒れ込んでしまった。どうやら幼女のこの体には、ずいぶんな重労働だったみたい。

でも、嫌な疲れじゃない。一生懸命働いて、皆に喜んでもらえて。そんな、心が満たされた疲労感。

「これから私の生きる場所は、ここなんだなぁ……」

そう呟いて、目を閉じる。

そうして私は、スイッチが切れたように眠りについたのだった——。

聖獣様は契約獣⁉

王宮で暮らすようになって、三日が経った。

「おはようございます、ヴィオラ様」

「今日もとってもいいお天気ですよ！」

与えられた私室に私を起こしに来てくれたのは、侍女のソフィアさんとミーナさん。初めて王宮に来た日にカレンさんと一緒に私を磨いて着替えさせてくれた、あのふたりだ。まだ子どもだし、身の回りのお世話をする者が必要だろうとのことで、こうして毎朝来てくれている。

……本当はそんなの必要ないんだけど、中身は大人です！なんて言っても信じてもらえないだろうから、おとなしくお世話されている。

それに実は昨夜、お風呂に入れてもらっている時に、ついウトウトしちゃったのよね。それで寝ぼけまなこのまま、着替えもしてもらって髪も乾かしてもらい、すぐに寝てしまった。

この幼い体は疲れやすいから仕方ないのだが、情けなくもある。

「今日も朝食が終わったらお散歩にいらっしゃいますか？」

「あ、はい。いつもの時間に戻ってきます」

「あれ？　ここにある布、お洗濯してもいいですか？」

自分の体力について考えながらソフィアさんに髪を整えてもらっていると、枕元に置いていたあのおくるみをミーナさんが見つけた。結構汚れちゃったし、洗ってもらおうかしら。

「あ、すみません。じゃあ、お願いしますっ」

そうして身支度を整え朝食を済ませると、私はある場所へと向かう。


「ヴァル！　おはよう！」

「きゃうーん！」

昼食の準備までは時間に余裕があるので、こうして朝食後に中庭でヴァルと戯れるのが私の日課となっている。

このシュナーベル王国は、今の季節朝の早い時間でも結構暖かいし、晴れている日も多い。だから朝の散歩がとても気持ちいいのだ。

「ふふ、ヴァルいい匂いがするわね。お風呂に入れてもらったの？」

「わうわう！」

そうだよ！と言っているかのように胸を張って尻尾を振っている。

自慢気にしているところもとてもかわいい。

「お母さんや兄弟たちとも会えて、本当によかったね。……そういえば、お父さんっているの？」

素朴な疑問だったのだが、ヴァルにも分からないのか、首を傾げられてしまった。まあ人には……じゃなくて、狼にも色々と事情があるわよね。

あまり気にしないことにしようと気持ちを切り替えてヴァルと散歩をしていると、建物の陰から話し声が聞こえてきた。

誰だろう？と思ってそうっと覗いてみると、そこにいたのは陛下とヘスティアだった。

「誰だ⁉　……なんだ、おまえか」

「あ、ご、ごめんなさい。えと、おはようございます」

気配に鋭い陛下に秒で見つかってしまい、すごすごと出ていく。

誰かと話しているみたいだったけれど、陛下の独り言だったのかしら？

ヴァルはといえば、お母さんがいて嬉しかったようで飛びついてじゃれている。かわいい。

それに。

「甘えん坊だな、おまえ。ふん、さすが親子、手触りがよく似ている。それに香りも同じだな、風呂に入れてもらったのか？」

陛下がヘスティアとヴァルをもふもふなでなでしている姿も、失礼かもしれないけどちょっとかわいい。頬擦りして匂いまで嗅いでるし。

普段仏頂面をしていることの多い陛下の微笑ましい姿に、自然と笑みが零れる。

「……笑うな」

「えっ⁉　あ、ごめんなさい、つい」

しまった、失礼だったわよね。慌てて表情を引き締めると、陛下がはあっとため息をついた。

「おかしいか？」

「いえ、別に……」

「似合わないと思ってるんだろう？」

「そんなことないです。動物をかわいがるのに似合うとか似合わないとか、ありませんから」

ぶるぶるっと首を横に小さく振って、そう言ってみたものの、陛下はそれが私の本心だとは思っていなさそうだ。むすっとした顔で眉をひそめている。

と、そこで、ああそうかと思いつく。

「……そうですね、怖い顔でヘスティアとヴァルを撫で回しているところは、ちょっと変かもです。もっと笑えばいいのにって……」

きっとヘスティアのことが本当にかわいいのだろう、そしてもふもふなでなですることで癒やされているのだろう。

強面の陛下は、ひょっとしてそんな自分には似合わないからって思っているのかもしれない。そして、似合わないと言われたことがあるのかも。

「ヘスティアはとっても強くて賢くて、かっこいいです！　陛下にとても似合っていると思います っ！」

並んでいるところを見ると、国王陛下を守る守護獣！って感じでかっこいい。キラキラした目でヘスティアを見つめていると、それはそうだろうと陛下が言った。

「ヘスティアはフェンリル、聖獣だからな。その辺の動物と一緒にされては困る」

「え……？　聖、獣……？」

知らなかったのか？と陛下は呆れたような表情をする。

「聖獣、特別な力を持ち、契約した者に大きな力と加護を与える、極めて稀少な存在。フェンリルの他にも不死鳥(フェニックス)やスレイプニルなどがいるな」

そ、それって神話とかに出てくる伝説上の生き物じゃない⁉

「大きな狼だと思っていました……」

「まあそう見えないこともないが。だが狼にしては大きすぎるだろう。このヘスティアの子どもを狼と勘違いするのは仕方ないが」

ひょいと陛下はヴァルを抱きかかえた。

常識で考えたらもちろんそうだが、まさかそんな空想の生き物がいるなんて思わないじゃないか。……いやでもここは異世界。魔法だってあるし魔物も存在している。それならば空想の生き物がいたって不思議ではない、のかもしれない。

「ぬー、気づかなかった……」

いつまでも前世の常識に囚(とら)われていてはいけなかったのだと反省だ。

「そっかぁ、ヴァルはフェンリル、すごい子だったのね。どうりで賢いと思った」

「あうあうっ！」

ヴァルは陛下の腕の中で嬉しそうに声を上げた。

初めて会った時から私の言葉が分かるみたいだったし、私の気持ちを汲んで立ち回ってくれたことも多い。そう考えると、ヴァルが聖獣だと聞いてしっくりくる気がした。

「ところで、ヴァルと名前をつけたのはおまえか？」

「え？　あ、はい。すみません、ここの子だなんて知らずに勝手に名前をつけてしまって」

大きな力と加護を与える稀少な存在、だなんて言っていたし、私なんかが名前をつけてはいけなかったかもしれない。

どうしようと戸惑っていると、少し考えて陛下はヘスティアに向き直った。そしてまるで会話をしているかのようにヘスティアになにかを囁いている。

「——おい、ヘスティアからも許可が下りたぞ」

「はい？」

許可？　なんの？　っていうかヘスティアが許可したってどういうこと？

頭の中でハテナがたくさん浮かんでいる私に、陛下は眉をひそめた。

「はあ……なにも知らない奴に説明するのは面倒だが、仕方がない。まずヘスティア、こいつは俺の契約獣だ」

「けい、やくじゅう」

陛下の言葉に、目を見開く。

「そして契約者は契約獣と会話をすることができる」

驚きすぎてぽかんとするだけの私に、陛下は説明を続けた。

「先程も言ったが、聖獣と契約した者には、力と加護が与えられる。俺もこのヘスティアと契約したことで様々な加護を受け、圧倒的な力でもって隣国との戦争にも勝利し、こうして国王の座に就くことになった」

そうか、それってヘスティアの力を借りてのことだったのね。この国の人たちからしたら、聖獣と共に戦う英雄、ってところかしら？

あまりの強さに悪魔王陛下と恐れられているって話だったけれど、愚王であった前王の悪政から解放されて喜んだ人もいたよね、きっと。

まるでおとぎ話を聞かされているような気持ちになり、あれこれ空想の世界を広げながら陛下を見上げた。しかし私の思いとは逆に、そのまるでルビーのような真っ赤な瞳が、「恐ろしいか？」と聞いているように見えた。

「……陛下は、ヘスティアと共にたくさんの命を守ってきたのですね」

誤解を解きたくて、自然とそんな言葉が口から出てきた。

すると陛下は、私の呟きに目を瞠(みは)った。

「そんな陛下に感謝している人も、たくさんいると思います。子どもの私にだって、陛下が皆のことを考えてすっごく頑張っているんだってこと、分かりますもん！」

それに、ヘスティアだって。動物は人の心がよく分かるというが、聖獣だというのであれば、なおさら契約する相手のことをきちんと見て選んでいるはずだ。

「ヘスティアも、陛下の優しいところ、ちゃんと分かってるよね？」

そう言いながらヘスティアの喉元を撫でると、グルルと気持ち良さそうに鳴いた。

陛下は少々荒っぽいところや雑なところはあるが、私を気遣ってくれることもたくさんあった。多くは語らないが、ふとした言葉の端々に優しさが垣間見えることもある。

「それに、陛下ってもふもふな動物、好きですよね？　こんなところでこっそり契約獣を愛でている人は、いい人に決まってますっ！」

たぶん、陛下はその容姿や戦争のこと、前王を追放したことで誤解されることが多いのだろう。王位を簒奪（さんだつ）した、なんて言う人もいるかもしれない。それでもこの国の王として立ち、胸を張って生きている。

国を統べるのに、綺麗事だけでは上手くいかないなんてことは、私にでも分かることだ。その頂点に立つ者は、清濁併せのむことができないといけない。

陛下のなにを知っているわけでもない私だけれど、少なくとも近しい人たちから慕われている様子からも、悪い人じゃないって思える。

「……ヴァル、この子もヘスティアに似てとても賢い子ですが、陛下のことを怖がったり威嚇したりしませんから。ヘスティアのことをかわいがっている姿を見て、きっと陛下の優しいところを分かっているのだと思います。……あっ、偉そうなこと言ってごめんなさい」

そこまで話して、少し馴れ馴れしかったかしらと苦笑いする。

しかし陛下はそんなふうに返されるとは思わなかったとばかりに、再び瞠目した。

「……別に、愛でているわけではない。先程おまえはかわいがっていると言っていたが、俺は契約した主として振る舞っているだけだ。それに特別動物が好きなわけでもない」

口調こそ平静なものだったが、耳が少しだけ赤くなっているのを私は見逃さなかった。

「ん～そうかなぁ……？　ますよ？　でも今だってヴァルのことをずっと抱いて、しかも頭まで撫でていますよ？　もしかして無意識とか？　だとしたら、やっぱり優しくていい人だと思います！」

陛下の胸の中にちょこんと収まっているヴァルを指さす。居心地がいいのか、ヴァルも尻尾を振ってご機嫌だ。

「…………深い意味はない。こちらに来たから抱き上げただけだ」

苦しい言い訳だなぁと思いながらも、それを声には出さずにそうですかとだけ言っておく。

動物好きって隠したいのかな？　自分には似合わないとか、またそんなことを考えていそうね。

「こほん。それで話を戻すが……」

あ、そういえば話がすっかり逸れてしまっていた。

「えーっと、あれ？　……それで、なんの話でしたっけ？」

「ヘスティアが許可を出したという話だ」

許可？　許可ってなんなんだろう。

首を傾げる私に、陛下ははあっとため息を零した。

「ヴァル、このチビをおまえの契約獣にしてもいいと、ヘスティアが言っている」

「へ？　……えええええええっ⁉」

予想外すぎる内容に、思わず叫んでしまった。あんぐりと口を開けたままの私にかまわず、陛下は続ける。

「まず契約を結ぶ方法にはふたつある。ひとつは、主人となる者が名を与え、聖獣がそれを受け入れて契約する方法。もうひとつは、聖獣自身の意思で主人となる者の前に現れて付き従い、名を与えてもらい契約する方法。しかし、幼獣の場合は例外だ。幼獣と契約するには、その親の許可を得なければいけないんだ」

へ、へえ。未成年との契約には保護者の許可が必要ですってこと？　なんだか人間みたいな話ね。

まあでも、聖獣とはいえ幼い頃はまだ未熟なんだろうし、迂闊（うかつ）に変な人間と契約するようなことになったら困るもんね。ほら、特別な力と加護を受けるって話だし、変な奴につかまったら世界を滅ぼしかねないっていうか……。

想像するだけでも恐ろしい。保護者の許可が必要、これ大事だわ！

……ん？　ちょっと待って、ということは……。

「おまえはこのチビに名を与えた。このチビもそれを受け入れている。そしてヘスティアもそれを許可した。つまりこのチビ、ヴァルは儀式さえ行えば、おまえの契約獣になれる」

「ええっ⁉　ちょ、ちょっと待ってください‼」

陛下の言葉に、即座にストップをかける。

「おかしいですっ、よね⁉　こんなちびっこに契約獣って！　特別な力に加護って、そんなの私には無理ですって！　それに私、今は子どもだから無害かもしれないけど、ひょっとして成長したらとんでもない悪女になるかもしれないし⁉　よく考えてください！」

ヴァルとはたしかに仲良しだし、これからも一緒にいられると嬉しいとは思っている。だけど契約だとか特別な力だとか言われても……。

陛下のように国の大事に関わるような人間でもないし、平凡でいいから料理に携わって平穏に過ごしていきたいなーくらいにしか思っていないんですけど⁉

「ちびっこという言葉は否定しないが」

むぅ……。一番重要でないところを拾ってなにを言うのかこの陛下は。

胡乱な目つきで睨みつけると、陛下はこほんと咳払いをした。

「おまえ、普通の子どもではないだろう」

突然の核心を突く台詞に、ぎくりと肩を揺らす。

「誰も知らない料理の数々に、豊富な食べ物の知識。一体おまえは何者だ？」

まずい、疑われている。たらりと汗が流れたところで、「――と不審に思ったのだが」と陛下が言葉を継いだ。

「聖獣であるヘスティアが、おまえを俺たちや国に害を及ぼすような悪い人間ではないと言うのでな。親子揃っておまえを気に入っているようだし、ここ数日の様子を見ていても不審な行動がなかったため、契約を結んでも害はないと判断したわけだ」
セ、セーフ？　これはセーフなのかな？
しかし怪しまれていることに変わりはない。下手にごまかしてもこの陛下にはなんだか見破られてしまいそうな気がする。

でも、頭がおかしい奴だと追い出されるのは困るから、転生者だってことは隠しておきたい。

どうしたものかと悩んでいると、陛下が顔を覗き込んできた。

「なにを悩んでいるのか知らんが、まだ子どもなんだから遠慮するな。困ったときは大人を頼ればいいんだ」

私の目をしっかりと見ながら、きっぱりと言う。

「ヘスティアがそこのチビから色々聞いて、それを俺も聞いているからな。今までのおまえの暮らしについてはすでに知っている。頼れる大人がいないのだろう？　なんなら俺が保護者になってやってもいい」

なるほど……子どもなんだから、無邪気に料理のことくらい、言ってもいいのかもしれない。この先も前世のような料理を作るのなら、その方がなにかと都合がいいだろうし。

私はできるだけ眉を八の字にして、上目遣いで陛下を見上げた。

「……私、料理に関することだけ、頭の中に突然浮かんでくるんです。作り方とか、食べ物の知識とか。それがどうしてかは分からないんですけど……」

かなりぼやけた内容だったが、信じてもらえるだろうか。ちらりと陛下の様子をうかがってみたが、無表情でなにを考えているのかよく分からない。

ま、まあ馬鹿にはしていない、かな？　たぶん。

さてどう出るかしらとどきどきしながら陛下の言葉を待つ。すると陛下がおもむろに口を開いた。

「……正直、信じがたい話ではあるが」

そりゃそうですよね。逆の立場だったら、そうかそうか！と納得できる気がしない。

「だが、おまえが悪い人間ではないということと、とても美味い料理が作れるということは、事実だ。おまえ自身にも分からないというのであれば、もう仕方がないな」

はあっと陛下がため息をつく。

これは、一応納得してくれたと思ってもいいのかしら？

「俺も、ここ数日でおまえが本当に料理が好きなのだということと、俺たちのことを考えて美味いものを作ってくれているのだということは分かったからな」

それって……。

先程、私が陛下に言ったことと一緒だ。子どもの私にでも、陛下がみんなのことを考えて頑張っているのが分かるって言ったことと。

「中にはおまえを不審に思う者もいるかもしれんが、気にするな。おまえの作る料理を食べて、おまえとこうして言葉を交わせば、ほとんどの人間は態度を軟化させるだろう」

フィルや料理長たちもそうだったしなと陛下が言う。

ああ、こんなところが陛下は本当に優しいなって思う。

思わぬところで優しい言葉をもらえて胸を温かくしていると、陛下がこほんと咳払いをした。

「それで、話を戻すが、そこのチビと契約するということでいいか？」

「え？　あ、でも……」

そうだった、ヴァルとの契約の話をしていたんだった。

正直言って、そんなに大きな力を持つことは怖い。今ようやく平穏になりつつある生活が変わってしまうんじゃないだろうか。特別な力を持つことで、私自身が変わってしまうんじゃないかっていう怖さもある。

それに、ヴァルとの絆が強くなるのはいいけど、ヴァルと主従関係になるっていうのは、なんだか違和感がある。ヴァルはそれでいいのかな?

「そのチビに遠慮しているのならば、それは余計な気遣いというものだぞ。聖獣というものは契約者を求める生き物だからな」

戸惑いを隠せずにいると、そんな私の胸中を知ったかのように陛下が言った。

「昔は聖獣も、その契約者も多かったという。しかし段々その数が減ってきている。契約するに足る人間が少なくなっているからだ」

陛下の話によると、聖獣は人間と契約することで自身の力も強まり、また心を通じ合う主人を持つことで大きな幸福感を得るのだという。

けれど、契約者は誰でもいいというわけではない。心から相手を認め、一蓮托生の関係となれる人間。

「善悪にも敏感な生き物だからな。契約者には人格者が多い」

そ、そう言われると悪い気はしないけれど。うーん、なんて返事をすればいいのか……うぅ、どうしよう。

「……先程おまえは言ったな、〝ひょっとして成長したらとんでもない悪女になるかもしれない〟と。自分でそんなことを言う奴は、大抵そんなことにはならんものだ。ヘスティアとそのチビの見る目を疑ってやるな」

そう言って陛下は隣にいたヘスティアの鼻先を撫でた。そしてヘスティアもそれに甘えるように陛下の手に擦り寄る。

ああ、お互いに心から相手を認め、信頼しているんだなって思った。

「……私なんかで、いいのでしょうか」

陛下とヘスティアの様子を眺めながら、ヴァルはどう思っているのかが気になった。

「おまえがいいとそのチビが言っている。まだ幼獣だからな、成獣に比べれば受ける加護や力はそこまで大きくないはずだが、特別な力とやらが怖いのならば、俺がおまえの平穏を守ってやろう。対価は毎日の食事でいいぞ」

冗談めいて言ってくれたけれど、陛下には全部お見通しなのねと苦笑する。でも大国の国王陛下のお言葉だ、とても心強い。

「だが、そうだな。もし国が窮地に陥った時、おまえがよしと判断した時は、その力を国のために貸してほしい。力ずくでおまえを意のままに操ろうとはしない。約束しよう」

その真摯な言葉に、私の心が軽くなった。この人なら大丈夫、ちゃんと約束を守ってくれる。

〝私〟の意思を尊重して、ヴァルと一緒にこの国で生きることを認めてくれる。

「……分かりました。私、ヴァルと契約します」

「わうっ！」

喜びの声を上げたヴァルが、私に飛びついてきた。ふわふわのまだ小さな体、大きくなってからも、ずっと一緒にいようね。

「では儀式を行おう。悪いが人さし指の腹を少しだけ切らせてくれ」

「あ、はい」

血判ってこと？　なんだかいかにも儀式！って感じね。

「おいチビ、じゃないか。ヴァル、おまえも前脚を出してくれ」

陛下はまず私の人さし指を、そして続けてヴァルの前脚の肉球を切った。

「互いの血を混ぜるように、指と前脚を合わせろ。それから今から俺の言う言葉を覚えて唱えるんだ」

そう言うと、陛下は誓いの言葉を口にした――。

「じゃあヴァル、いくよ？　……〝汝の身は我の元に、我の命運は汝の力に〟」

ヴァルと指を合わせたところが、なんだか熱い。

「〝我の意に従え。契約者、ヴィオラが命名する。誇り高き聖獣、ヴァル！〟」

最後の言葉を言いきると、血液が混ざり合って体の中に巡っていくような感覚がした。これが契約の儀式。

「……無事終わったな。ヴァル、話してみろ」

「うん！　ヴィオラ、僕の言葉、分かる？」

「え、ヴァル⁉　しゃべってる⁉」

言葉が通じていることが嬉しいようで、ヴァルはやったやったー！と尻尾を振っている。

「言っただろう、契約獣とは会話ができると。その様子ではちゃんと通じているようだな」

そうか、陛下にはヴァルの言葉が分からないのか。

「慣れてくれれば念話もできるようになる。それに、もちろん聖獣同士は会話ができるし、ヴァルとヘスティアは親子だ、姿が見える位置にいれば念話もできる。つまり俺たち四人が揃っている場ならば、俺とおまえとで意思の疎通が可能だということだ」

「へえ……。って、そんなの、どんな時に使うんですか？」

「さあな。おまえが間者に捕まって人質に取られたりした時とかか？」

「ひえ……。こ、怖い……です」

ははっ！と笑うところを見ると、どうやら冗談のつもりだったらしい。

「まあそんな事態にならないようにはするつもりだが、自分でも気をつけるに越したことはないぞ。聖獣が稀少ということは、その聖獣と契約した者もまた稀少な存在だということだからな。契約したこともあまり口外しない方がいいだろう」

そう、気づいてはいたけれど、やはり狙われることもあるのかもしれない。

陛下のようにヘスティアと戦場に出たりするわけではないから、こちらから教えない限りは私とヴァルが契約したことを知られることはそうそうないと思うけれど……。

「……というか、なぜ陛下は私とヴァルを契約させようと思ったんですか？」

国の利益になるから？　でもそのわりには、口外するなとか、私が力を貸してもいいと判断した時だけ助けてくれたらいいとか言っていたし……。

「俺は間を取り持っただけだ。そもそもおまえ、『ヴァル』と名前をつけただろう？　ヴァルはそれを受け入れて契約を望み、母親のヘスティアも許可した。あとはおまえの気持ちを確かめるだけだったからな。……聖獣だからといって、そうたいそうに考えないで、家族ができたと思えばいいさ」

陛下の答えに、はっとする。

「ヘスティアの子の恩人であるおまえを保護してやりたいとは思っているが、俺はそういつもそばにいてやることはできない。親身になって守ってくれる者がいた方が心強いだろうと思ったんだ」

私の、ため？

「ヴァルならばおまえを守ってくれるだろうし、おまえも共につらい暮らしを乗り越えてきたヴァルを信頼しているだろう？」

腕の中でヴァルがこくこくと頷いた。そっか、私のことをそんなふうに考えてくれていたんだ。

「まあここ数日ですっかり侍女たちや料理人たちと仲良くなったようだから、余計な配慮だったのかもしれんがな。それに、身寄りなしで生きていくためには、自身もそれなりに力を持っていた方がいい。ヘスティアがヴァルに聞いたと言っていたのだが、おまえ、多少は魔法が使えるらしいじゃないか。契約することで、自分で自分を守れるくらいには強くなるはずだ」

ぶっきらぼうな口調だけれど、その心はとても優しい。

転生して、あの村で育って。おばあちゃんが亡くなってから、こうやって人の優しさに触れたことなんて久しくなかった。だからかな、余計にその優しさが胸に染みる。

「ありがとうございます、陛下。そんなふうに思ってもらえて、すごく嬉しいです」

お父さん、私、こっちの世界でも頑張れそう。温かい気持ちになってお礼を言うと、陛下はふいっと目を逸らした。

「……別に大したことはしていない。契約のことについて色々伝えておきたいことはあるが、今は時間がない。また時間をとるから待っていてくれ」

「僕も知ってること教えてあげるから、大丈夫だよ！」

陛下に続いてヴァルも元気にそう言ってくれた。陛下は表情には出ていないけれど、照れているのか頬が少しだけ赤い。

ぱっと見ただけじゃ分からない優しさ。でも、ちゃんと私の心には届いている。

「はい！　改めまして、これからよろしくお願いします！」

ヴァルとは握手を、そしてヘスティアと陛下には頭を下げて挨拶をする。

「うん！　あ、あのさ、ヴィオラ……」

あら、返事はとてもよかったのに、どうしたのかしら？

「そろそろ僕、ヴィオラの作ったご飯が食べたいんだけど……」

「え？　ヴァル、ここで美味しいご飯をもらってたんじゃないの？」

予想外の言葉に驚いて聞き返すと、ヴァルはここ三日間にあったことを話してくれた。

聖獣フェンリルであるヴァルは、動物とは違って人間の食べ物を普通に食べても大丈夫らしい。だから王宮の食堂から侍女たちが料理を運んでくれてそれを食べていたのだけれど。

「全然、美味しくないの。ヴィオラが作ったものは、美味しいだけじゃなくて元気が出てきたのに。なんでかな？」

なんでかな……って、私に聞かれても。

美味しくないっていうのは、味付け塩だけの料理だから？　でも村でヴァルに作ってあげていたのは、ただのパン粥だ。元気が出る料理かと言われるとそうではない。

あれかしら、空腹は最高のスパイスってやつ？　だって村ではお腹いっぱい食べるなんてこと、できなかったもんね。

「分かったわ、今から作ってあげる」

「いいの？　やったぁ！」

きゃんきゃんと喜ぶヴァルは、言葉が分かるようになった分、割り増しでかわいい。

「では俺もそろそろ仕事に戻る。ああ、ヘスティアもヴァルを頼むと言っているぞ」

「はい、お時間をいただきまして、ありがとうございました。ヘスティアも、こちらこそよろしくね」

そう言って私がふわふわのヘスティアの毛並みを撫でると、陛下がそっと私の頭に触れた。

「じゃあな。昼飯、楽しみにしている」

う、うわわわわ！　不意打ちで撫でられるの、心臓に悪い！

あたふたする私のことなど気にすることなく、陛下は執務室へと戻っていってしまった。ひとりでどきどきするのも馬鹿らしいわねと気持ちを切り替え、ヘスティアともそこで別れ、ヴァルを連れて厨房へと向かうことにした。

そして久しぶりの私の手料理を振る舞うと、ヴァルは大喜びでたくさん食べてくれた。

言葉も分かるようになって、美味しい美味しいって言いながら食べてくれるヴァルのことが、今まで以上に愛らしく見える。

そしてその夜、私はせっかく話せるようになったのだからとベッドの中でヴァルと色々な話をした。ちなみに、私の前世のことも。

「へえ……ヴィオラは、大人の女の人だったんだ」

「うん、だから村での家族のつらい仕打ちにも耐えられたし、この世界にない料理の知識もあるの」

なるほどねとヴァルは納得してくれた。ヴァル以外には内緒だよと言うと、分かった！と元気のいい返事をもらえた。

「……あのね、僕も実は兄弟でひとりだけ体が小さくて、みんなから馬鹿にされてきたんだ。お母さんだけは僕の味方だったけど……。そんな時に森の中で魔物に襲われて大怪我をして。もうダメかも……と思った時に、ヴィオラが助けてくれたの」

そうか、ヴァルにも色々あったのね。

「でも、ヴィオラのご飯を食べたら元気が出て、嫌がらせに負けないヴィオラの姿にも、すごく勇気をもらったんだ。だから、ヴィオラには本当に感謝してる。お母さんともまた会えたし、お兄ちゃんたちとも仲良くなってきたんだよ！　僕がいなくなって、意地悪してきたことを後悔してたみたい。それに、ちょっと見ないうちにずいぶん大きくなったなって驚いてた。ヴィオラのご飯のおかげ！」

そう嬉しそうに話してくれるヴァルの体をぎゅっと抱きしめる。

「ふふ、ヴィオラ、温かい」

「ヴァルも温かいよ」

数日前までは、ただ、死なないように生きていただけだった。けれど。これからの人生は、この国でちゃんと働いて、勉強して、食べて、寝て、楽しんで。

そうやって、〝生きて〟いきたい。

「ヴァル、これからは一緒に、色んなことを楽しみましょうね」

「うん！　ヴィオラと一緒なら、僕はなんでも楽しいよ」

今日から新しい絆を結ぶことになったヴァルと一緒に。

「明日も頑張ろうね」

この世界で、幸せになれるように。

＊　＊　＊

ヴィオラと別れたシルヴェスターが執務室に戻ると、もうすでにフィルが出勤し机について仕事をしていた。

「おや、今日は遅かったですね」

「ああ、少し用があってな」

フィルはそれを特別怪しむこともなく、そうですかとだけ返した。

シルヴェスターも動じることなく執務机につき、書類の束に目を通していく。ヴィオラとヴァルのこれからのことを考えながら書類をぺらっとめくった時、扉がノックされた。

シルヴェスターが入室の許可を出すと、扉を開けて現れたのはカレンだった。

「おはようございます。陛下、ヴィオラ様のことで少しご報告したいことが……」

ヴィオラの名前に反応したシルヴェスターは、ぱっと顔を上げると扉を閉めさせ、用件を促した。

「ソフィアとミーナから報告があったのですが――」

――カレンの話を聞いたシルヴェスターとフィルは、揃って眉をひそめた。

「……ヴィオラ、か。少し調べてみるか」

「そうですね。しかし陛下、あの件についてもお忘れのないようお願いします」

考え込むシルヴェスターに同意しつつ、フィルは近々やって来る客についても考えておいてほしいと釘を刺した。

「そうだったな。はぁ……。厄介なことにならなければいいが……」

ようやく国が少しずつ安定してきた時、このまま大きな乱れが起きないことを願いながら、シルヴェスターは窓の外の空を見上げた。

人を見た目で判断してはいけません！

「あー腹減った！　なあヴィオラ、今日の昼食はなんだ？」

「おつかれさま、リック。今日は食べ応え抜群のトンテキ定食だよ」

働き始めて早十日が経った。食堂での仕事にもずいぶん慣れ、リックをはじめとする騎士さんたちとも少しずつ気安く話せるようになった。

「ヴィオラが給仕やるようになって、騎士共のテンションが上がったよな……」

「ヴィオラが手ぇ離せなくて俺らが行くと、分かりやすく残念な顔されるのムカつくよな」

「あはは……」

訓練を終え食堂にやって来た騎士さんたちを胡乱な目で見る料理人たちに、どう返していいものかと苦笑いをする。

そう、二日前から私は、時間が空いた時に給仕の仕事も行うことにしたのだ。基本的に昼食は定食モノを出すようにしているのだが、みそ汁や漬物などの作り方を皆が覚えてくれたため、私はメインの料理にしか手を出さないようにしている。

その分空いた時間に、お客様でもある騎士さんたちの声を聞きたいと思ったのだ。

とはいえ、何百人といる騎士さんたちひとりひとりに配膳することは不可能なので、そこは今まで通り、自分でカウンターに取りに来るシステムだ。

私がやっているのは、汁物や飲み水のおかわりを持っていくこと。騎士さんたちと話もできるし、箸の進み具合も見ることができるからという理由で、料理長さんに申し出た。

ちなみに先生呼びはやめてもらった。厳つい料理人さんたちから先生呼びされる幼女なんて、どう考えてもおかしいもの。

というわけで、渋る調理長さんをなんとか説得して普通に名前で呼んでもらうことになった。

「いや〜ヴィオラちゃんが来てからメシが美味い！　俺、生野菜なんて仕方なく食べるモンだと思ってたけど、ドレッシングだっけ？　あれのおかげでモリモリ食えるようになったぜ」

「分かる！　これ美味いよな。それにカウンターで好きな種類のやつを選んでかけられるのもいい！」

騎士さんたちが盛り上がっているのは、メインに添えているキャベツやレタス、サラダにかけるドレッシングについて。

初日に作ったマヨネーズと胡麻ドレッシング、それにフレンチドレッシングにオニオンドレッシングと、わりと簡単に作れるものも加えてカウンターに置くようにしたのだ。料理を取りに来た時に好きなものをかけてテーブルまで運んで食べる、という感じ。

これが結構騎士さんたちにも好評で、残されがちだった生野菜の完食率が上がっている。栄養学を学んでいた私から言わせてもらえば、生の野菜をしっかり食べることはとても大切なことなのだ。

まあドレッシングのかけすぎには注意なのだが、そのあたりは今までそのまま食していたこともあってか、少量で十分美味しいと皆さん言ってくれている。

「さあ皆さん、せっかく熱々焼きたてなんですから、冷めないうちにどうぞ」

「「「はーい！　いただきまーす！」」」

早く食べてくださいと促す私に、騎士さんたちはご機嫌で返事をしてくれた。こういうところも前世で定食屋を手伝っていた頃のことを思い出して懐かしい。作るのも好きだけれど、こうやって食べてくれる人と会話して給仕をするのも楽しいのよね。

「うっま！　ニンニクの香りが立ってて匂いだけでご飯三杯はいける」

リックが熱々のトンテキを頬張ってそう叫んだ。するとリックの向かい側に座っていた騎士さんもそれに同調する。

「スタミナつきそうだな。サラダを間に挟めばおかわり無限にできそうだぜ！」

そうそう、体力勝負の騎士さんにはビタミンB1の豊富な豚肉パワーが相性抜群だもの。

ちなみにさっき味見がてらにって少し冷ましたものをヴァルにもあげたのだが、『美味しー！　もっとちょーだい！』っておかわりをおねだりされた。

そんなヴァルは私の仕事中は基本的に中庭でヘスティアや兄弟たちと一緒にいる。聖獣様とはいえ、見た目は狼なので動物と同じ。やっぱり厨房に毛のある生き物は入っちゃダメだもんね。

「ヴィオラちゃーん！　ミソシル、おかわり！」

「あ、俺も俺も！」

「ご飯もお願いしまーす！」

そんなヴァルにも負けず、騎士さんたちは今日もよく食べる。この国を守る仕事をしてくれているんだもんね、たくさん食べて頑張ってほしい。

「はぁい！　ちょっと待っててくださーいっ！」

こうしておかわりの声がかかると私の出番だ
「手際良く配っていてすごいですね……！」と料理長さんにも褒めていただいたのだが、慣れていますからとはさすがに言えず、あははと笑ってごまかした。

そうしてわいわいと楽しい雰囲気が広がっているところに、カツンとひとつの足音が響いた。

「なんだ、ずいぶんと賑わっているな」

ざわっと食堂にざわめきが起こる。

「陛下！」

「あ、兄貴。と、団長も」

陛下がフィルさんとガイさんを伴ってやって来た。今日は陛下も訓練に参加するからと、こちらで昼食をとると聞いていたのだ。

「おう、ヴィオラ。今日も美味そうな匂いしてるな」

毎日の食事が楽しみだと言ってくれているガイさんは、いつもたくさん食べてくださっている。

「皆さんおつかれさまです。こちらにどうぞ。今持ってきます、ちょっと待っててくださいね」

「いや、自分で取りに行くから大丈夫だ」

空いている席を勧め料理を運ぶつもりだったのだが、どうやら陛下は他の騎士さんたちと同じようにカウンターまで料理を取りに行くつもりらしい。この国で一番偉い人なのに……と思わなくもないが、それも陛下のいいところかもねと苦笑する。

しかし三人の登場で周りの空気が一変した。さすがに国王陛下を前に、和やかな雰囲気で昼食を共に～という感じではないらしい。

ピリッとした空気が漂っている。

「？　これはなんだ？」

その空気を特に気にする様子もない陛下が、カウンターに並べられているドレッシングを見て首を傾げた。

「あ、サラダやキャベツなどの添え物にかけるドレッシングです。好きなものを選んで自由にかけられるようにしたんです。皆さんもお好きなものをどうぞ」

「へえ……面白いことを考えますね。では私はこちらを試してみましょう」

フィルさんの眼鏡がきらりと輝いた気がした。どうやら新しいドレッシングに興味を持ってくれたようだ。

「ふん、なるほどな。今日のメインも初めて見る料理だな」

「トンテキといいます。ニンニクがきいていて美味しいですよ！」

「美味そうだな！　匂いで分かる、絶対美味い」

早くも目を輝かせるガイさんに笑みを零し、ゆっくり召し上がってくださいねと伝えて給仕の仕事に戻る。陛下たちが来たことで少しおとなしくはなったが、騎士さんたちは変わらずおかわりをしてくれた。たくさん食べてもらえるのは、作り手としてはとても嬉しいことだ。

それからも騎士さんたちと話をしつつ仕事をこなし、食事を終えた人が食堂を出てずいぶん席が空いてきた頃。

「ヴィオラ殿、おつかれさまです」

「今日も美味かったぜ。トンテキ、最高だな！」

「あ、全部召し上がってくださったんですね。お粗末さまでした」

フィルさんとガイさんに声をかけられ席に行くと、綺麗に食べられた空っぽのお皿が目に入った。

うんうん、陛下も野菜、ちゃんと全部食べてくれてるわね。ガイさんに偏食大魔王なんて言われていたけれど、汚名返上かしら？

にこにこと微笑んでいると、陛下が眉をひそめているのに気づいた。

「……ところでヴィオラ、おまえはなにをしている？」

「はい？　料理をして、それから給仕のお手伝いをしています」

「な、かわいいだろ？　ウチの騎士共から大人気なんだぜ？　美味い食事に美少女からのお給仕。今やこの食堂は騎士たちの癒やしの空間となったわけだ！　いや実際ヴィオラが来てから、騎士たちの動きが良くなったんだよなぁ。美味いメシがあると、やる気も出るってやつかもな！」

わははとガイさんは上機嫌だが、陛下の眉間にはいまだ皺が刻まれている。

「……ヴィオラ、大量の料理を作って給仕の手伝いまでしていては大変だろう。別におまえはそこまでやらなくてもいい」

あ、そうか。陛下は私が無理をしているのではと心配してくれているのか。

「いえ、大丈夫です。元々給仕のお手伝いは好きなんです。だからやらせてもらってるんです」

たしかに多人数の食事を作るのはなかなか骨が折れるものだが、メニューはひと種類だけだし、料理人さんもたくさんいるのでそこまで大変ではない。

定食屋ではメニューも多いし従業員はお父さんと私だけ、昼時や夕食時なんて、そりゃあもう目の回るような忙しさだった。私は大学もあったし家事や弟たちのフォローもしていたから、毎日が目まぐるしく過ぎていったものだ。

好きでやっていたことだから不満はなかったけれど、その時に比べたらこの生活はとても時間に余裕があって充実している。ちょっとやそっとの忙しさなんて屁でもない。

だから心からの言葉を言ったつもりだったのだが、それが健気に頑張る幼女の姿に見えたらしく、フィルさんとガイさんが私の頭をそっと撫でてきた。

「まだ幼いのに……。見ていていじらしいですね」

「ヴィオラは頑張り屋さんだな。今度城下町で甘い菓子でも買ってきてやるからな。無理はするなよ」

そばにいたリックまで涙を滲ませて私を見ている。……なんだか勝手に美化されている気がするのだけれど。

「無理なんてしてないです。好きなことだから楽しくって！」

「くっ……。どう育ったらこんなにいい子に育つんだ⁉」

「本当に……。リックにあなたの爪の垢を煎じて飲ませたいくらいですね」

どうしてもガイさんとフィルさんは私をいい子に仕立て上げたいらしい。まあふたりは私を本当の幼女だと思っているし（いや肉体年齢的には本当に幼女なのだが）、前世のことを知らないから仕方がないと言えば仕方がないのだけれど。

「なんで俺を引き合いに出すんだよ⁉」

しかし流れ弾に当たってしまったリックには申し訳ないなと思いながら苦笑する。

「……ヴィオラがいいならそれでいい。だが、本当に無理はするなよ」

そう言うと陛下は席を立った。食器を片づけようとしたので、慌てて私がやりますと駆け寄る。

「でも、心配してくださったことはとても嬉しかったです。お気遣いいただきありがとうございました。夕食もみんなで頑張って作りますから、楽しみにしていてくださいね！」

感謝の気持ちを込めてそう伝える。

すると陛下は少しだけ目を見開いた後、私の耳元に顔を寄せて囁いた。

「まだここに来て間もないんだ。おまえが思っている以上に体は疲れているものだぞ。適当に休憩は取れよ」

たしかに一日の終わりはへとへとで、ベッドに入るとすぐに寝てしまうことは多い。お風呂でウトウトしたことだってある。倒れると迷惑をかけてしまうだろうし、忠告は素直に聞いておこう。

気をつけますとの意味を込めて大きく頷くと、それに満足したのか陛下もぽんと頭を撫でた。

「ああ、楽しみにしている。今日も夕食は執務室まで頼む。食器も悪いが頼んだぞ」

「はい、分かりました！」

せっかく陛下から助言をいただいたのだ、健康には気をつけよう。

改めて気を引き締め陛下を見送ると、フィルさんとガイさん、それにリックにまでじっと見つめられているのに気づいた。

「珍しいこともあるものですね」

「胃袋を掴まれたってやつか？」

「今日の陛下はあんまり怖くなかったな……」

三人でこそこそと話している内容は聞こえなかったけれど、なんとなく私と陛下のことを話しているのだろうなということは分かった。

「陛下って、本当に優しいですよね」

「「「はぁ!?」」」

これまた本心を言っただけなのに、思いきり聞き返されてしまった。

「ヴィオラ、大物だな……。歴戦の猛者も黙らせると噂されている陛下のこと、優しいとか」

リックが胡乱な目をする。ヘスティアとの契約のこともあるし、実際に見たことはないけれど陛下は本当にものすごく強いのだろう。

「そうそう、よく見ると顔は整っているが、基本不愛想だし目つきも悪いしな。貴族令嬢からも怖がられてるし。……そういやヴィオラは初めから陛下のこと怖がってなかったな」

ガイさんが不思議そうに首を傾げて私を見た。しかしいくら親しいとはいえ、ガイさんちょっと言いすぎなのでは……。

「そうでしたね。陛下と接しているあなたの様子を見て、怯えているというより戸惑いの方が大きそうでしたので、私も珍しいなと思っていました」

フィルさんまでそんなことを言いだした。たしかに陛下は強面かもしれないが、中身はしっかりした思いやりのあるひとりの普通の青年だ。

「見た目だけで人を判断してはいけないと知っていますから。優しい顔をしていて内心で悪いことを考えている人だっているし、その方がもっと怖いです」

前世でもニュースに出てくる詐欺師なんかは、本当にごく普通の、なんなら優しげな顔の人が多かったもの。私はお父さんで免疫ついているからっていうのもあるけれど、見た目だけで判断しないようにしているつもり。

「……なんかヴィオラって、子どもらしくないよな」

ぽつりと零すリックに、私はぎくりとする。

「たしかに。おまえよりもよほど考えがしっかりしている」

「あっ、ついでに俺をけなすなよ兄貴！」

「おまえ、本当にフィルの弟かって疑いたくなるくらいガキだもんなぁ。この前も同期の見習いと……」

「ああっ、団長！　その話はやめてください！」

よかった、ガイさんのおかげで話がリックのことに逸れたわ。リックにはまたまた申し訳ないけれど、助かった。

「さ、俺たちもそろそろ行こうぜ。おいリック、おまえ見習いなんだから先に行って準備くらいしておけよな」

「あっ、すいません！　じゃあな、ヴィオラ。夜メシも楽しみにしてるからな！」

慌ただしく仕事へと戻る皆さんを送り出し、片付けへと戻る。

それにしても危なかったわ……。別に前世の記憶があるって隠さないといけないことではないけれど、そうそう人に話すようなことでもないものね。

変に疑われたりしても嫌だし、ヴァルとの契約のことといい、内緒にしておいた方がいいわね。

「あ、終わったらヴァルにおかわりを持っていってあげるって約束してたんだった。急いで片づけないと」

約束をした時、目をキラキラさせて尻尾を振って、かわいかったなぁ。

そんなヴァルの姿を思い出しながら、私は再び片付けに戻ったのだった。

＊　＊　＊

ヴィオラと別れた後、リックを先に行かせたガイはフィルと並んで廊下を歩いていた。

「……なんつーか、健気だよなぁ」

「ええ。あの年でそれだけの苦労があったのかと察すると、柄にもなく胸が痛みますね」

先程のヴィオラの話を思い出しながら、自然とふたりは俯いた。

このふたり、特にフィルはさすがに初めからヴィオラのことを信用していたわけではない。子どもとはいえ、シルヴェスターに危害を及ぼす者である可能性も考えないといけないと思っていたからだ。

ヴィオラが王宮に住むようになって、しばらくその様子をうかがっていたが特に不審な点は見られない。それどころか、珍しくまた非常に美味な料理を振る舞ってくれ、偏食なシルヴェスターをはじめとする皆の健康すら気遣ってくれる。完全に信用したわけではないが、それなりに警戒を解いていい相手だと判断した。

それに、食事の時間が楽しみだということが、こんなにも生活を豊かにしてくれるのだと知り、ヴィオラの料理なしではいられなくなりつつあった。

そんなヴィオラが垣間見せた、影の部分。

「与えられた仕事は陛下のメシを作ることだけだっつーのに。他にもやれることを探して率先してやるって、大人でもなかなかやれねぇことだぞ」

「騎士たちに喜んでもらえるのが嬉しいからでしょうか。笑顔を向けてもらいたいと、必要とされたいと無意識に思っているのかもしれません」

ふたりはシルヴェスターから、リンデマン王国の僻地の村でヴィオラが育ったことを聞いていた。ヘスティアから聞いたのだという、そこでのヴィオラの暮らしぶりについても。

「それに、『見た目だけで人を判断してはいけない』か。それって、裏を返せば見た目で判断して痛い目に遭ったことがあるってふうにも聞こえるよな」

「『優しい顔をしていて内心で悪いことを考えている人だっている』とも言っていましたね。そんな人を実際に知っているかのような口ぶりでしたね」

ふたりの頭の中で、今までのヴィオラの生活がどんなにつらい環境にあったか、想像が膨らんでいた。

「……ここで、幸せになってほしいですね」

「ああ。あんないい子に拾われて、ヘスティアの子どもは僥倖だったな」

中庭で仲良くじゃれ合うヴィオラとヴァルの姿を度々見かけていたガイは、優しく微笑んだ。

そしてそれに応えるように、フィルもまた、食堂の方を振り返って目を細めたのだった。


ちょうどその頃――。

「ではすみません、ヴァルのところに行ってきますね」

片付けをあらかた終え、ヴァルにトンテキを持っていくヴィオラを見送った料理人の面々は、その姿が完全に見えなくなったことを確認して、厨房の中央に集まった。

「さっきの、聞こえたか？」

「ああ。ヴィオラの奴、今までにきっと色々あったんだな……」

「『見た目だけで判断してはいけない』ってさ。だから俺たちや陛下にも、最初からあんなに普通に振る舞ってくれたのか」

第二騎士団専用食堂の料理人たちは、強面で偏屈な者も多い。それが王宮内での周知だった。シルヴェスターと同じく、初対面から怯えられることの多い彼らもまた、初めてヴィオラがここにやって来た時の自分たちに対する態度が予想外だったことに驚いていた。

『お仕事中にすみません。場所、お借りいたします』

『揚げたて、味見してみます?』

怖がるどころか自然体。しかしちゃんと敬意を持って接してくれるし、謙虚さもある。

「素直だし、働き者だし、かわいいいし。あんなにいい子なのに、どんな苦労をしてきたんだ」

「下手に話を聞くのは過去の嫌なことを思い出して傷つけるだけだろ。今のまま、知らない振りをして接すればいいって」

彼らの中でもまた、ヴィオラがかわいそうな経験をしてきたのだと、想像が膨らんでいた。

「……おい、おめぇら」

そこで今までずっと黙っていた料理長が口を開いた。

料理人たちは皆、息をのんでその言葉を待つ。

「ヴィオラには、ここに来てよかったと思ってもらえるように振る舞え。あの子を悲しませるようなことをしたら、俺が許さん」

「「「「もちろんです、料理長‼」」」」

その時、厨房内で料理人たちの心がひとつになった。


そして食堂に最後まで残っていた騎士たち数名もまた、ヴィオラたちの話を聞いて俯いていた
「……俺、恥ずかしくなった。見た目で判断するなって、あんな小さい子に教えられたわ」

「俺も。ヴィオラちゃんが、陛下のことあんなふうに言うなんてな。俺たちなんかより、よっぽど人を見る目があるってことだよな」

強面で無愛想、気安い話もできないシルヴェスターを敬遠していた騎士たちは、恥ずかしそうにため息をついた。

「……俺、今度陛下が訓練に参加する時、指導してくださいって頼みに行こうかな」

「あ、なら俺も！　あの人、聖獣様の力で強いって思われがちだけど、剣技もすげぇもんな。色々教えてもらえるかもな」

そこからわいわいと話が盛り上がり、そろそろ午後の訓練が始まるなと席を立った。

「ヴィオラちゃんもあんなに小さいのに新しい場所で頑張ってるんだもんな。俺たちも変な固定観念に囚われずに、成長していかないとな」

そうだよなぁ！と笑い飛ばしながら、騎士たちは訓練場へ向かって廊下を進んでいった。

ヴィオラの過去を知ったことで、皆は彼女への好感度を上げて午後からの仕事へと向かったのだった。ただ、知らされた彼女の過去は真実とは少し違っていたのだが——。

無自覚チートは転生あるある

「お待たせ、ヴァル！　お昼ご飯だよー」

「やったー！　今日はなに？　お肉？」

ヴァル用のお昼ご飯を持って中庭に出ると、お腹を空かせたヴァルが尻尾を振ってやって来た。王宮に来てからひと月が経ったが、少し大きくなったみたい。

ここに来たばかりの頃は、兄弟たちより少し小さいかな？と思っていたのだが、もうほとんど変わらないくらいだ。生まれた時は小さくて兄弟たちからのけ者にされてしまうこともあったと聞いていたけれど、ここに来てからはそんな様子は見られない。

行方不明になって突然離れることになってしまったことが、兄弟との関係に関しては逆にいい方向にいったのかもね。中庭でじゃれ合っているところもよく見かけるし、仲良くなってきたってヴァルも言っていたもの。

でも食事の時にこうして呼んでも、ヴァルしか私の元へはやって来ない。兄弟たちからしたら私は知らない人だもんね、警戒されているのかしら。ヘスティアは時々触れさせてくれるけど。

実は私、ヴァルたち親子に囲まれて、皆まとめてもふもふしてみたいと密(ひそ)かに思っているんだけどな。想像しただけで勝手にもふもふする手つきになってしまう。

ああ……ヘスティア一家に私のご飯を食べてもらいながらモフりたい……。

「……なにしてるの、ヴィオラ？」

妄想の世界に旅立っていると、ヴァルに怪訝な目で見られてしまった。慌てて我に返り、昼食ののったお皿を地面に置いてしゃがむ。

「はっ！　ご、ごめんねヴァル。はい、今日は鶏もも肉の照り焼きよ」

皿を置いた瞬間、ヴァルは目を輝かせて勢いよく食べ始めた。

聖獣様に鶏の照り焼き？と思われるかもしれないが、この小さなフェンリルは基本的になんでもよく食べる。

あ、でも魚より肉派かな？　から揚げもトンテキも気に入っていたし、まるで成長期の男子学生みたいねと双子の弟の姿を思い出してくすっと笑う。

「おいひぃー！　やっぱりヴィオラのご飯は元気出る！　もう僕、ヴィオラのご飯以外は受けつけない体になっちゃったよー」

「また上手いこと言って……。いつの間にそんなお世辞覚えたの？」

そうは言っても、料理を褒められて悪い気はしない。聖獣ってグルメなのかしら？などと考えていると、いつの間にかヘスティアとヴァルの兄弟たちがそばまで来ていた。

「どうしたの、珍しいわね」

とか言いつつ、仲良くなれるかしらと期待が膨らむ。

わくわくしながらへスティアを見ると、ヴァルの食べかけのお皿をじーっと見つめている。

そしてヴァルや兄弟たちとなにやら会話しているようだ。

「あ、もしかして食べてみたいと思ってくれているのかな。ヴァル、へスティアはなんて言ってる？」

「えっとねぇ……。うん、ヴィオラのご飯、お母さんたちも食べてみたいって言ってる」

やっぱり！

嬉しくてぱあっと表情が明るくなる。

「僕のご飯なんだけどなぁ……。まぁひと口ずつならいいよ？　でもお兄ちゃんたち、大っきい口でカプリッていうのはダメだよ！　カットされてるからひと切れずつだよ！」

まるでおやつを分け合っている大家族の兄弟のようだ。くすくすと微笑ましく思いながらその様子を眺めていると、兄弟たちが順番にぱくりぱくりと鶏の照り焼きを食べていく。そして最後にへスティアもひと口。

「がうっ！」

あれ？　なんか様子が……。

美味しいとか口に合わないとか、そんな反応ではなく、驚いたような仕草と声。

「がう、がうっ？」

「え？　う、ううん。そんなことしてないよ？」

そしてなにやらヴァルと話をしている。

戸惑っているヴァルの姿に、私の料理、なにか変な味でもしたのかしらと心配になってきた。

でも、兄弟たちはすごく嬉しそうにもぐもぐ咀嚼して飲み込んでいるんだけど。

「ごめんヴァル、私の料理、なにかおかしかった？」

「え？　あ、ごめんヴィオラ。ヴィオラにはお母さんの言葉が分からないんだったね。あのね――」

ヴァルが話してくれた内容に、私は目を見開いた。

「――なるほど。おまえの料理には特別な魔法がかかっている。ヘスティアがそう言ったんだな？」

「はい。あの、これってやっぱり私がヴァルと契約した影響なんでしょうか……？」

ヴァルが話してくれた内容は、とても私ひとりで消化できるものではなかった。そのため、相談する相手は自然と陛下ということになってしまった。

「お母さんが言うにはね、成長促進の効果がかかっているんじゃないかって」

忙しいのに申し訳ないなと思いながらも、時間をつくってもらって、こうしてヴァルも一緒に陛下の執務室で相談している。

「そんな魔法は聞いたこともないが……。おい、俺が以前話した、聖獣との絆と魔力の相性について の話は覚えているか？」

「あ、ええと、聖獣との繋がりが深ければ深いほど、その恩恵を受ける力が大きくなるという話と、元々契約者が持っている力と聖獣の力の相性のことですよね？」

そうだと陛下は頷いた。

ヴァルと契約してからここ一ヶ月、私は少しずつ契約のことについて、陛下やフィルさんから説明を受けている。ちなみに陛下と相談して、フィルさんとガイさんには私とヴァルが契約したことを伝えていた。陛下が信頼するふたりならば、決して他人に漏らすことはないし、力になってくれるだろうからと。

実際その話をした時に、ふたりは驚きながらも他言しないと言ってくれたし、フィルさんは丁寧に契約のことを教えてくれている。一緒に過ごす時間も増え、今までも基本そうだったけど、すごく親切にしてくれる。

まぁ稀少な契約者がいるっていうのは国にとっても利益のあることなんだろうし、丁重に扱わなくちゃと思っているんだろうけど。

でも、それだけじゃない、親しい友人……というか、まるで妹をかわいがるかのように接してくれているなぁって時々感じるのよね。

フィルさんになんて、私のおかげで陛下の健康も人間関係も改善されております！と感謝されたし。健康はともかく人間関係も？って、よく分からなかったけれど、とりあえず笑ってよかったですと言っておいた。

話は逸れたが、とにかく契約について教わってきたことを思い出す。

「一般的には、契約してから一緒に過ごす時間と比例してその力も大きくなることが多い」

それはそうだろう、絆を深めるためにはある程度時間を要するものだ。

「おまえは契約してひと月足らず、ヴァルとの仲はいいだろうが、だからといって爆発的に絆が深まったわけではないだろう。つまり、特別相性が良く、未知の魔法を生み出したということになるのかもしれん。しかし、そもそもおまえの潜在的な能力が分からんからな、元々おまえがそういう能力を持っていた可能性もある。……どうだ、なにか心当たりはないか？」

「心当たりと言われても……。私、たしかに元々魔力は持ってはいましたが、かまどに火をつけるとか、料理に関する単純な魔法しか……」

陛下にじっと見つめられて、そう戸惑い答える。

いや、でも、待って。単純な魔法しか使えないじゃない、使い方を知らないだけかもしれない。

人目につかないところで料理をするのに火をつけるとか、料理に使う水を出すとか。今まで、そんな魔法しか使えないと思っていたから。

料理に関することしか魔法が使えなかったのは本当。でも、誰にも教わってないし、本を読んで勉強したこともないから、知らないことも多そう。

「……なにか思うところがあるようだな。ちなみに俺にはあるぞ、心当たり」

陛下の言葉に、考え込んで俯いていた顔をぱっと上げる。

「ヴィオラ。おまえと、ヴァルだ」

「私とヴァル……？」

どういう意味だろうと首を傾げると、ぴくっ！と、腕の中のヴァルの耳は私の呟きに反応した。

「聞いたことがあるだろう。そいつは、生まれつき他の兄弟よりも体が小さく、力も未熟だった」

知っている。それを聞いた時は胸が痛かったけれど、少しずつ成長して今では他の兄弟たちと同じくらいの大きさになり、一緒に仲良く遊べるようになってよかったなぁって安心していたところだもの。

「だが、おまえと過ごした一年足らずで、他の兄弟に追いついた。貧しい村で暮らし、食べ物も満足に与えられなかったはずなのに。……そしてそれはおまえにも同じことが言える」

「あ……」

たしかにあの村で、私たちの食事が十分だったかと言われたら、そうではない。僅かなパンと牛乳、それに森で採れるキノコや山菜、時々川で捕れる魚くらいで、栄養も偏っている。

しかも私はあの家の実の子ではなかった。他の家族よりも配分は少なく、それをヴァルと分け合って食べていた。そんな食生活をしていたのに。ヴァルは王宮で暮らす兄弟と遜色なく育ち、私も特別やせ細っているわけではない。

「あのパン粥に、なにか効果が……？」

考えられるのは、毎日のように作ってヴァルと一緒に食べていたパン粥。栄養のことを考えて、せめてとミルクで煮て、キノコや山菜を入れたりはしていたけれど。

「その料理を作る時、おまえはなにを考えていた？」

なにを、って……。

『これを食べて元気になれるように、ちょっとでも大きくなれるように』

「大きく、なれますように、って……」

呆然としながら、正直に答える。

「そうか。……では、おそらくそれが原因だろうな」

「私が元々持っていた力ってことですか？」

「そうだ。ヴァルと契約したことでその力が増した可能性はあるがな」

元々私が持っていた、未知の力。

〝未知〟

その単語がなんとなく怖くて、自然と俯いてしまう。

誰も知らないということは、その危険性も分からないということ。

急に表情が暗くなったのを察してくれたのか、ヴァルが私の頬をぺろりと舐めた。

「自分の力がどの程度のものなのか、知っておきたいか？」

そして陛下は私にそう尋ねた。静かな声だったのに、びくりと肩が跳ねてしまった。

「〝鑑定水晶〟というものがある」

「鑑定、水晶……？」

陛下が言うには、この国には手を当てればその人の能力が分かる水晶があるのだとか。とても稀少なもので、何百年か前にこの国に現れた聖獣の契約者がつくり出して、それ以来厳重に保管されているらしい。

ただ、一年に一度、新年を迎えた日にだけ、保管庫から出されることになっている。五歳になる貴族の子ども、将来国を担っていくであろう子女の能力を鑑定するために。

「まあ例外もあってな。おまえのように新たな契約者が現れた時などに使用することが稀にある。一応国の宝だからな、使用権は俺にあるんだ。おまえが望むなら、水晶を使って自分のステータスを見てみてもいいと思ったんだ」

さすが異世界、そんなものがあるのね。

でも、知りたいような知りたくないような……。複雑な気分だわ。

「知りたくないというのであれば無理には勧めない。その力のことも口外しないと誓おう。へステイアにもきちんと言っておく」

どうする？と陛下が私に判断を託した。

『特別な力とやらが怖いのならば、俺がおまえの平穏を守ってやろう』

きっと、あの約束を守ろうとしてくれているのだろう。陛下はとても優しいから。

「……私、自分のこと、ちゃんと知りたいです」

隠していても仕方がない。そう思ったから。

「自分にどんな力があるか、どんなことに使えるのかとか。でも、それが異質なものだったらどうしようって。それで日常が変わってしまったら……」

こんなことを言って、受け入れてもらえるだろうか。そんな一抹の不安が頭をよぎって、言葉に詰まる。

「でも知りたいのだろう？　心配するな。もし戸惑うようなことがあったら、その時は俺も一緒に考えよう」

それなのに、陛下はなんでもないことのように、私が欲しかった言葉をくれた。

「い、いいんですか……？」

「当たり前だ。おまえに契約を勧めたのは俺だからな、責任は取るさ」

当然だとさらりと言いきった。

「あ、ありがとうございますっ……！」

「契約のことを知っているフィルやガイも、話せば一緒に考えてくれると思うぞ？　特にフィルは俺よりも頭が回るからな、いい助言をくれそうだ」

「僕も一緒に考えるよ！　お母さんだって、きっと力になってくれるよ！」

僕も僕も！とヴァルが腕の中でぴょんぴょん跳ねてアピールする。

きっと、大丈夫。

「ヴァルも、ありがとう。……陛下、よろしくお願いします」

陛下とヴァルの温かい言葉のおかげで、私はやっと晴れやかに笑うことができたのだった。


「これが鑑定水晶ですか？」

「はい。見た目は普通の水晶とそう変わらないでしょう？　これに触れると自分のステータスが分かるようになります。ちなみにご本人にしか見えませんので、安心してくださいね」

なるほど、異世界でも個人情報は、きちんと保護されているらしい。

しかし、フィルさんが保管庫から出してくれた水晶をまじまじと見つめたが、ただのガラス玉とそう変わらない。両手にのるぐらいのサイズで、少し大きめかなということ以外、特徴はない。これに触れただけでステータスが分かるというが、どういう形で見えるのだろう。

そして、私のステータスにはどんなことが書かれているのだろう。知りたいからと決意はしたものの、やはり平静ではいられない。

そんな私に気づいたのか、ガイさんが私の頭にぽんと軽く手のひらをのせた。

「ヴィオラ、あんま心配すんな。俺たちがついてるからな」

にかっと笑うガイさんのおおらかさに、少しだけ緊張が緩む。

執務室で話した後、私は陛下にお願いしてフィルさんとガイさんにも料理に付与されているらしき力の話をした。

ふたりとも驚いてはいたが、私の力になりたいと言ってくれて、こうして一緒に保管庫を訪れている。

「美味いだけじゃなくて、成長の促進なぁ……。俺も実はヴィオラの料理を食べた後、元気が出るなーっては思ってはいたんだよな」

「ええ、私も集中力が増して仕事が捗るようになったと思っていました。ですが、ただ単に栄養をしっかり摂ることができ、美味しい料理でリフレッシュしたからだと、今まで気にしておりませんでした。まさか料理にそんな魔法がかかっていたとは思いもせず……」

浅慮でした……！とフィルさんがどこか悔しそうだ。

成長促進だと思っていたけれど、回復とか集中力の上昇効果もあるのかしら？　なんとなくカテゴリー的には同じ感じはするけれど。

「おい、そろそろ騒ぐのはやめろ。ヴィオラ、緊張感のない奴らで悪いな」

「あ、そんなことないです、その方がいいです」

陛下ははあっとため息をついているが、これは本心だ。ひとりでどうしようって思っている時はものすごく大きなことのように感じたけれど、こうして周りに人がいてくれることで、こんなにも心が軽くなるんだなぁって、改めて思う。

「では、いきますね」

右手をそっと水晶に向けて伸ばす。すると、目の前に画面のようなものが浮き出てきた。

「わっ！」

「見えたか？　……というか、おまえ、文字は読めるのか？」

「あ〜。そうだよな、ヴィオラは読めねぇかもな……」

「見落としていましたね……」

突然現れた画面に驚いて声を上げた私が僻地の村で育ったことを、三人は思い出したらしい。年齢的にも幼いが、生まれた環境からも文字など読めるわけがなかったかと、陛下は頭を抱えてしまった。

そうだ、育った村でも読み書きができたのは、村で唯一のお医者様くらいだった。その他の村人は文字になんて触れる機会もなかったから、当然私もそんな教育を受けていない。

けれど。

「えっと……。一応、なんとなく分かります」

私の返事に、陛下たちは揃って目を見開いた。

私だって今の今まで気づかなかった。だって王宮に来てからも食堂で働くかヴァルと戯れるか、陛下たちやカレンさんたち侍女と話をするくらいで、文字を読む機会なんてなかったから。

いや、私が捨てられていた際にくるまれていたおくるみに刺繍されていた〝ヴィオラ〟という文字だけは見たことがあるし読めた。でもそれは、〝ヴィオラ〟と書いてあるのだと知っているからだと思っていた。

けれど、今は違う。上手く表現できないが、異世界の知らない文字と数字の羅列に見えるのに、頭の中では日本語として処理されている、そんな感じ。これはまさか、異世界転生につきものの、〝チート〟というものなのだろうか。

そもそも言語が違うのに、今まで普通に会話できていたということになる？　混乱しそうなので、とりあえずチートということにしておこう。

「その、村にいたお医者様に、少しだけ教えてもらっていたんです。お手伝いするからって、お願いして」

転生者だと知らない三人にそれらしいことを言ってごまかすと、なるほどなと納得してもらえたようだ。

「それで、どうだ？」

「ええと、ちょっと待ってくださいね」

陛下に促され、ステータスの表示された画面をじっと見つめる。

「……え」

そこに書かれていた内容を見て、私は絶句した。

＊＊＊＊＊

ヴァイオレット・クラッセン
聖獣の契約者　ＬＶ５
契約獣：フェンリル・ヴァル
ＨＰ：２３０／／２３０
ＭＰ：１０５０／／１０５０
魔法：炎属性魔法　ＬＶ２　・　水属性魔法　ＬＶ２
　風属性魔法　ＬＶ１　・　土属性魔法　ＬＶ１
　聖属性魔法　ＬＶ６　・　光属性魔法　ＬＶ７
　闇属性魔法　ＬＶ２

＊＊＊＊＊

え、えーっと……。ちょっとこれは……。
ヴァイオレット？　クラッセン？　私のことなの？　魔法もいっぱい使えるみたいだし、ど

こから突っ込んでいいのか分からないんですけど⁉

「どうした？」

「ほんとに自分のものなのかなって、なんだか不思議で……」

眉を寄せる陛下に、とりあえずそう答えておく。

魔法を使えるのがひと握りだというこの世界で、これだけの種類がズラリと並んでいる。

ヴァルと契約したことで新しい魔法が使えるようになったのかもしれない。

しかし、ヴァルは幼獣だから、与える加護や力はそこまで大きくないだろうと言っていた。

聖属性と光属性魔法のレベルが飛び抜けて高いけど、どういう魔法なのかな？　そもそも最高値はいくつだろう。10とか？　だとしたら、子どもの私にはちょっと高くはないだろうか⁉

いや、もしかしたらレベルの最高値が100とかなのかもしれない。それなら私の魔法レベルは大したことないってことだものね！

「あの、ちなみに魔法レベルって……？」

とりあえずこれだけ確認しておこう。平均値がどんなものなのかを探るのは基本だ。

「ああ、魔法のレベルをよく知らないのですね？　そうですね……城にいる一番の魔法の使い手なら、得意魔法で7～8くらいでしょうか。最大レベルは10です。魔術師団に入るなら、だいたい3～5は必要ですね。その他の者なら1か2程度です」

「へぇ……あと、普通は何種類くらいの魔法を使えるんですか？」

「魔術師団長は五種類って言ってたな。他の魔術師は三種類くらいか？」

「え、それだけ……？」

はい、チート確定ですね。フィルさんとガイさんの答えに、僅かにあった希望は塵と消えた。

くらりと眩暈がしたところで陛下が口を開いた。

「おい、おまえのステータスが予想以上に高くて戸惑っていることは分かった。だが今はそれが知りたいのではないだろう？」

あ、そうだった。

「えっと、ちょっと待ってくださいね」

陛下の指摘に、慌てて先程画面に映っていた続きをスクロールするようにして流してみると、知りたかった能力についての記載が現れた。

＊＊＊＊＊

スキル：料理　ＬＶ10　・　魔法付与（ただし料理に限る）　ＬＶ５
餌付け　ＬＶ８
【料理に付与可能な効果一覧】
成長促進　ＬＶ５
体力回復　ＬＶ３

集中力上昇　ＬＶ３
安眠　ＬＶ２
精神安定　ＬＶ２

＊　＊　＊　＊

餌付け……？　安眠？　精神安定？

なんか、思っていた以上に特殊な効果も付与できるみたいね、私。

「おい、ほうけていないでさっさと教えろ」

「はっ、すみません、つい」

あまりに予想外なことまで書いてあったので、そこまでは答えなかったが、私はとりあえず予想通り料理に魔法が付与されていたようですと結論だけ伝えることにした。

「やはりな……」

「聖属性と光属性魔法の付与、ということですね」

「その二種類の魔法が使えるたぁ、将来有望だな。魔術師団長が聞いたらヴィオラを勧誘しに、すっ飛んできそうだな」

はっはっは！とガイさんはのんきに笑っているが、それは遠慮させてもらいたい。もちろんなにかあった時にお手伝いできることは協力するが、できれば仕事は料理をしていたいから。

「それは秘すべき内容だろう。個人のステータスとは、そう簡単に口を滑らせていいものではない」

「分かってるよ！　冗談で言ってみただけじゃねぇか」

私の戸惑いに気づいてくれたのか、陛下はガイさんに釘を刺してくれた。

「さて、では執務室に戻るぞ。ここでは落ち着いて話ができないからな」

そしてそう言って私の手を取り、執務室へと連れて帰ってくれた。

外見は幼女のような私だ、廊下は暗いし転ぶと危ないとか思ったのかしら。微妙な気持ちにはなったが、陛下の優しさは感じられる。

そうして執務室に戻ると、ヴァルが待ってくれていた。

「ヴィオラ、おかえり！　どうだった⁉」

尻尾を振って飛びついてくるヴァルを受け止めると、陛下がソファに座れと言ってくれたので、腰をかけた。フィルさんとガイさんも座り、一度ふうっと息を吐いてから口を開く。

「あの。ステータスはそうそう人に教えるものではないということなのですが……」

自分ひとりで抱えておくには、ちょっと内容が重すぎる。ステータスのことをまるっと話してしまっていいのかと悩みはしたが、この力をどう使い、どう隠したらいいのか一緒に考えてくれる人がいると心強い。

まだ出会って僅かな月日しか経ってはいないけれど、この人たちならきっと親身になって考えてくれる。そう思って、使用できる魔法の種類とレベル、不可思議なスキルについても包み隠さず話すことにした。

口にするだけではよく分からないだろうから、紙とペンを借り、記憶を頼りにステータスを記入していく。

前世の頃から暗記はわりと得意だ。この世界の文字を書けるかしらと思っていたのだが、書こうと思った文字や数字が自動的にこの世界の言葉に変換されて書くことができた。不思議なことだが、これも異世界転生チートってやつかしら。

「――うろ覚えのところもあるんですけど、だいたいこんな感じだったかなと」

そうして書き終えた紙を見せると、三人はぴしりと固まった。

あれ？

「魔法付与、成長促進の効果がつくというのは先程も聞いたが……その幼さでMPが1000超えだと？」

「ここに書いてあることが本当ならば、全属性の魔法が使えるということですか？」

「おいおい、高いだろうなとは思ったけど、料理レベルはMAXかよ。それでもって付与の内容もありえんし、わけの分からんスキルまであるな。〝餌付け〟って、なんだこりゃ」

ざわざわと三人はありえない、マジかと連呼しながら私のステータスを凝視する。

や、やっぱりおかしいよねこのステータス。もしかしたらもしかして、珍しいけどちらほらこんな人いるよーというう感じだといいなぁとか僅かな期待を持っていたのだが、再び見事に打ち砕かれてしまった。

そこへひょこっと顔を出してヴァルがステータスの書かれた紙を覗き込んだ。

「あ、やっぱりね。ヴィオラ、すごい才能を持ってるなーってずっと感じてたんだよね！　僕と契約して多少は魔法レベル上がったと思うけど、これほとんどヴィオラが元々持ってた能力だよ！」

つぶらな瞳でなんて爆弾発言してくれるのか、このヴァルは。

「ぷっ、スキル〝餌付け〟だって。まさに僕がされたヤツだね！　ああ、そこのお母さんの契約者やお付きの人たちもそっか。なんならご飯作ってもらってる騎士たちもそうじゃない？」

きゃはは！と無邪気に笑うヴァルの口を慌てて塞いだ。陛下やその側近、騎士団長様に向かって〝餌付けされた〟なんてとんでもない！

「どうした、ヴァルがなにか言ったのか？」

そ、そうか。ヴァルの言葉が分かるのは私だけだった。よかったと肩の力を抜くと、三人に怪訝な顔をされた。

「〝餌付け〟のことか？　その焦った様子、ヴァルだけでなく俺たちや騎士共もそうだとでも言われたか？」

な、なんて察しがいいんだこの陛下は！

「たしかに。私たちもまんまと餌付けされてしまいましたからね、それは認めましょう」

「そうだなぁ、しかも料理スキルと共に高レベルだし、抗いようがねぇよな」

ヒヤッとした私だったが、お三方はすんなりとそれを認めてしまっている。いややいやいや……。

「疑わしいって顔してるけど、本当だぜ？　ヴィオラの味に慣れちまったら他でメシ食えねぇ！って言ってる信者も騎士団にはいるからな」

ガイさんの言葉に、フィルさんまでうんうんと頷いている。信者って……。

「ちなみに、噂を聞きつけた他の部署や別棟の食堂関係者から、私共と騎士団だけ美味いものを食ってずるいぞ！と苦情も入っております。元々ヴィオラ殿は陛下の専属料理人、そのついでに騎士たちにも作っているだけだと突っぱねておりますが……。まぁ時間の問題かなと」

なにが時間の問題なんですか⁉　ぼそりと呟いた最後の言葉、ちゃんと聞こえてましたからね⁉

「……とにかく、おまえが規格外の能力者だということは分かった。料理についてはその知識も目新しいからな。他の食堂から引っ張りだこになるのも仕方のないことだが、普段振る舞うものにはできるだけ効果を付与しないように気をつけろ」

ええっ、そんな調整できるか分からないんですけど⁉　そしてやっぱり他の食堂に飛ばされる可能性もあるってこと⁉

「えーダメだよ、そんなの！」

色々突っ込みたくなる会話の途中で、ヴァルがぷりぷりしながら口を挟んできた。

「もう先客がいるんだから！　これ以上ヴィオラが忙しくなるのはダメ！」

「先客？　ヴァル、先客ってどういうこと？」

今度は一体なにが⁉と思いながらヴァルに聞き返す。なんとなく嫌な予感がするのは気のせいであってほしい。

みんなの視線を一身に浴びながら、ヴァルはえへんとそのぽっこりとしたお腹……いや、胸を張った。

「ふっふっふ！　きっとびっくりするよ！」

あ、これ完全にフラグですね。ヴァルが皆まで言う前に、直感でそう思った。

「あのね、ヴィオラのご飯を食べて僕が大きくなったっていう話を聞いた他の聖獣の赤ちゃんたちが、こっちに向かってるんだってー！」

「は、はぁぁぁぁ⁉」

なんとなく感じていたこととはいえ、予想外も予想外なことを言われ、大絶叫してしまった。

陛下たちにもヴァルの言葉を伝えると、私と同じくかなり驚いている。

「……ヴァル、他の聖獣の赤ちゃんとはどういうことだ？」

ひとり冷静な陛下がヴァルにそう問いかけると、ヴァルはきょとんとしてそれに答えた。

「え？　言った通りだよ？　あのね、聖獣って人間と違って一度に何匹も子どもを産む種族が多いんだ」

ヴァルによると、一度に複数の子どもを産むと、どうしてもヴァルのように体の小さいものや力の弱いものが出てきてしまうようだ。そうなると、自然の摂理でそうした弱き者は早世してしまうことが多い。

「……じゃあ、ヴァルも……」

「うん。ヴィオラに会わないままだったら、僕もそうなってたと思う。だから、お母さんと離れ離れになっちゃったのは悲しかったけど、運がよかったんだよ」

さらりと話してくれたけど、ずっと怖かったはず。

「そっか……。助かって、よかった」

「うん！　ヴィオラのおかげ！　ヴィオラ大好き！」

すりすりと甘えてくるヴァルがとてつもなくかわいくて、私の元に来てくれて本当によかったと、ぎゅぅっと抱きしめて頭を撫でる。

体が小さくて馬鹿にされていたとは聞いていたけれど、生死に関わることだったなんて、知らなかった。

「それでね、お兄ちゃんたちが外で会った聖獣たちに僕のことを話したみたいなんだよね。ヴィオラのご飯のおかげじゃないかってことも。そうしたら、ここに来たい！ってすっごく言われたみたいだから、よろしくね」

「『よろしくね』ってヴァル、もしかして……」

「うん、大丈夫だよって返事しておいた！　ヴィオラは優しいから、絶対力になってくれるよって！　だから鑑定の結果が気になってたんだけど……。よかったぁ、やっぱりヴィオラのおかげだったんだね！」

にこにこと満面の笑みを返され、なにも言えなくなってしまった。なんてことだ、もう話がまとまってしまっている。

「おい、ふたりで話を進めず、どういうことか説明しろ」

そういえば、陛下たちには私の言葉しか聞こえていないのだった。

会話の内容が分からずイライラしていた陛下に事の次第を話す。するとお三方は絶句してしまった。

「聖獣が王宮に集まるということか？」

「それはちょっと目立ってしまいそうですね。聖獣がたくさん訪れるのはいいことのように思えますが、ヴィオラ殿のことを考えると少し……」

「……ダメってこと？　でも、僕、みんなを助けてあげたい……」

陛下とフィルさんが難色を示したのに、ヴァルはしょぼんと肩を落とした。自分と同じ境遇の聖獣の赤ちゃんを助けたいと思っているのだろう。

陛下とフィルさんは私の平穏な生活のことを思ってそう言ってくれたのだろうが、ヴァルの気持ちを考えると……。

「なら、目立たねぇ場所を提供してやればいいんじゃねぇか？　たしかに稀少な聖獣が何匹も集まってたら、見物人も多いだろうし、ヴィオラの能力のことも広まっちまうからな」

なぁ？とガイさんが私の頭にぽんと手を置いた。

「……そうだな。奥の庭園、森に近い一角を立入禁止にして、そこで聖獣たちを迎え入れるか」

「極秘の魔法実験のため、とでも言っておきましょうか。おそらく継続的に食事をしなくてはいけないでしょうから、しばらくは立ち入らないようにと厳命しておかなくてはいけませんね」

「ああ。もしものことを考え、できれば料理を運ぶ際に手伝う者と護衛がいた方がいいだろうな。カレンとリックはどうだ？　あのふたりなら口は堅いしな」

「愚弟にはもったいないお役目ですが、たしかにあまり地位の高い者をつけると不自然ですし……。分かりました、ふたりにはそのように伝えておきます」

ガイさんの提案に、陛下とフィルさんが次々と話を進めてくれる。

「それでいいか？　ヴィオラ、おまえも助けてやりたいと思っているのだろう？」

「は、はいっ！　ありがとうございます」

陛下にも私の迷いがお見通しだったようだ。

「本当!?　ヴィオラ、みんなを助けてくれる？」

「うん！　本当に私の料理で助けてあげられるかは分かんないけど……。できるだけのことはするからね」

ふりふりと嬉しそうに尻尾を振るヴァルをぎゅっと抱きしめ、陛下たちの方に向き直る。

「ありがとうございます。陛下、フィルさん、ガイさん。ほら、ヴァルもお礼を言って」

「ありがとう！　お母さんの契約者、優しい！」

喜ぶヴァルの姿に、陛下たちも僅かではあるが頬を緩めた。

「まあ聖獣たちを助けることで、なにかこの国の利になるのではという打算的な部分もありますからね。お礼は不要ですよ」

「まあなー。ってなると、むしろ俺たちの方がヴィオラの力を貸してくださいって頼まねぇといけないのかもな！」

「そうだな。ヴィオラ、ヴァル。できるだけのサポートはするから、聖獣たちを助けてやってくれ」

そんなふうに言ってくれる人たちで、本当によかった。

「はい！　頑張りますので、ご協力、よろしくお願いします！」

こうして私は、陛下たちの全面協力の下、成長不良の赤ちゃん聖獣を助けるために料理を作ることになった。

しかし、ヴァルと共に喜びつつも、私にはひとつだけ心残りがあった。

「……あのことは、陛下たちにも言えなかったな……」

自分のステータスのことで気がかりなことがあったのに相談できなかったことにモヤモヤしながらも、私は聖獣たちのことに気持ちを切り替えるのだった。

もふもふ聖獣カフェでも始めます？

ヴァルから赤ちゃん聖獣の話を聞いた三日後。

「……わぉ」

「すげぇ……！」

「いっぱい集まったねぇ！　みんなお父さんやお母さんと一緒だ！」

ここは聖獣たちのために陛下たちが用意してくれた、奥の庭園の一角。

働く官僚や使用人たちへ、陛下が『命に背いて侵入した場合は……分かっているな？』と、ものすごい迫力で凄み、絶対立ち入り禁止区域となった。

『ヴィオラは実際見てなかったから知らないかもしれないけどな！　久々の悪魔王陛下降臨の瞬間だったんだよ!!』とは、リックの言葉。

そんなこんなで、聖獣たちのための空間に続々と聖獣たちが集まってきたのだ。

成獣はヘスティアのように大きいものばかりだが、赤ちゃん聖獣たちはヴァルと同じくらいかより小さいくらいのサイズ。かわいいなぁ、後でちょっとだけもふもふさせてもらえないかしら。

「不死鳥にペガサス、白虎にグリフィン。どれもすげぇ有名だけどなかなかお目にかかれない

「リック殿、あまり不用意に近づかない方がいいかと。聖獣を刺激してしまいます」

聖獣ばっかだ……！」

そして集まった聖獣を前に目を輝かせるリックとそれをたしなめるカレンさんが、お手伝い兼護衛にとついてきてくれた。

厨房から料理を運ぶのも結構大変だから、気をきかせてくれた陛下には感謝だ。

ちなみに聖獣のご飯は、お昼だけここで振る舞うことになった。

そして陛下と騎士たちのお昼ご飯は、料理長たちにしばらくお任せすることに。みんな不思議がっていた気はするけれど、陛下の命令だからか誰もなにも言わなかった。

「あ、お母さんとお兄ちゃんたちもあそこにいる！　みんなヴィオラの料理また食べたいって言ってたから、喜ぶだろうなぁ」

そしてヘスティアたちも他の聖獣を迎えるためにこの場に来てくれた。ヴァルはみんなで一緒にご飯が食べられると嬉しそうだ。

「あ、陛下と兄貴、団長もいるぞ」

リックが指をさした先には、陛下とフィルさん、ガイさんの姿が。

「ヴィオラ、こっちだ」

私たちに気づいた陛下が声をかけてくれた。

「お待たせしました。陛下とフィルさん、ガイさんも。お忙しいのにありがとうございます」

初日だからということで、こうして足を運んでくれたのだ。

ぺこりと頭を軽く下げてお礼を言えば、三人の表情が緩んだ。

「うわ。めちゃレアなの見たぜ」

うげぇという顔をして呟くリックを不思議に思いながらも、話を続ける。

「お料理、持ってきたのですが、どうやってあげるといいですか？」

ちらりと聖獣たちを見るが、やはりというべきか少々こちらを警戒しているような気がする。

「ああ。ヘスティアが言うには、まばらに料理を置いておき、まず自分たちが毒見役になって食べ始めればそのうち食べるようになるだろうとのことだ」

そっか、ヘスティアやヴァルが食べるのを見て平気そうなら自分たちも……となるだろうってことね。危機管理能力ってやつ？　まあ稀少な聖獣様たちだ、身の危険を感じることも多いだろうし、口に入れるものに慎重になるのはいいことなのだろう。

「それで？　なにを作ってきたんだ？」

ガイさんがひょっこりとカレンさんが運んでくれたワゴンを覗く。

「エルネスト卿、行儀が悪いですよ」

「そう固いこと言うなよなー。お、色々あるな！」

このふたり、なんとなく距離が近い？　まあふたりとも陛下に近いところで仕事してるし、接する機会が多いだろうから不思議じゃないか。

　でも職場恋愛ってのも素敵よね……。

「おいヴィオラ、なにほうけてんだよ。料理、配るんだろ？」

　想像を膨らませていると、リックに突っ込まれてしまった。

「あ、ごめんなさい。じゃあヘスティアとヴァル、お兄さんたちの分はこれね。あとは適当にお皿を置いていってと」

　私たちはヘスティアのアドバイス通りに手分けして料理を置いていく。

「適当でいいのか？」

　なんと陛下まで手伝うつもりらしい。慌てて遠慮したのだが、数年前まではただの騎士だったのだからこんな少人数の場ではかまわないと言われてしまった。

　フィルさんとガイさんも同じように皿を並べ始め、恐縮しながらもお言葉に甘えることにした。

「ところで、なぜこのメニューにしたんだ？」

「それはですねぇ」

　先程、厨房で作っている時のことを思い出し、私はにっこりと微笑んだ。


　数時間前、第二騎士団専用食堂の厨房——。

　私はその片隅を使わせてもらい、聖獣たちのご飯を作り始めた。ちなみにヴァルは外で待機中。

この三日間、ヴァルに色々と聞いてメニューは決めてきたのだ。

「ヴァルみたいに、他の聖獣もなんでも食べられるって話だけど、見た目は大事だもんね」

今まで見たことのないようなものを出されては、警戒心も強くなってしまうのではないかと思ったのだ。

聖獣にしてみれば、藁にもすがる思いで来たとはいえ、やはり大事な我が子に奇妙なものを食べさせるのは抵抗があるだろうから。

『お兄ちゃんたちに聞いたんだけど、聖獣の種類によってよく食べてるものは違うみたい。ペガサスはハーブとか綺麗な花を食べるって言ってたし、グリフィンや白虎は魔物や動物の肉が多いんだって』

そうヴァルが教えてくれた。

聖獣様とはいえ、現実にいる見た目が近い動物と、だいたい食の好みは同じらしい。ということで、作るのはヴァルもよく食べていたパン粥にサラダ、それと骨付きのお肉。

私の料理に慣れてきてくれたら、なんでも食べてくれるかな。その日が来ることを願って、初めてのご飯作りを頑張ろう。

まずはお肉から。昨日仕込んでおいたたくさんの骨付き豚のスペアリブを取り出す。

うんうん、しっかり漬かっている。お肉に切れ込みを入れて味がしっかり染み込むようにしておいたのだ。

鍋に油をひいてニンニクを入れ、香りが立ってきたらスペアリブを投入。うーん、いい香りといい音！　これだけで食欲をそそる匂いが厨房に充満する。

「くっ……！　ヴィオラが絶対美味いモン作ってるぜ‼」

「覗きに行ったらダメだぞ、命令に背くな！　しかし……くっ！　あの匂いと音のせいで気がそぞろになっちまう！」

離れたところで料理人さんたちが葛藤しているのが見える。ご、ごめんねみんな。後でちょっとだけ内緒で味見させてあげるから。

焼き目がついてきたら裏返し、両面あらかた焼けたら調味料と水を入れる。蓋をしてしばらく煮込めば完成だ。

次は鶏の手羽元。聖獣たちはなんの種類のお肉が好きなのかとヴァルに聞いてみたのだが、分からないから全部作ってよ！とずいぶん大雑把な答えが返ってきた。まぁお肉好きな聖獣が多そうだから、仕方ないかと納得。

味付けも少しずつ変えようかなということで、さっぱり系のものにしようと思う。

こちらもまずはフライパンで表面を焼く。軽く焼き目がついたら砂糖としょう油、酒と酢を混ぜたものを入れる。照りを出すため、みりんは後入れに。こちらも三十分くらい煮込めば完成。

「さて、次はサラダか」

ペガサス、つまり馬が好きなのはたぶん草よね。ということは葉物が多い方がいいのだろう。ルッコラやビートなどのいわゆるベビーリーフと、サニーレタスや水菜などの葉物を食べやすい大きさにして混ぜる。

「あとはお花も食べるって言ってたから、色合いと見た目も考えて……」

ミニトマトを半分にカットして散らし、ハムをくるくると巻いてお花の形にする。

「うん、かわいい！　普通の馬はハム食べないだろうけど、聖獣はなんでも食べるって話だし、食べてくれるかな？」

それとも他の肉食っぽい聖獣たちが食べるかしら。ふふ、なんだか楽しくなってきた。

「ヴァルみたいに、みんな大きく元気になってくれるといいな。そりゃお父さん、お母さんは心配よね」

我が子を思う気持ちは、きっと聖獣も一緒なのだろう。半信半疑な聖獣もいるかもしれないけど、一縷の望みをかけてきてくれるのだ、応えてあげたい。

パンをひと口サイズにちぎりながら、ヴァルと過ごした村での生活を思い出す。貧乏だったし、食べ物も満足に食べられなかったけれど。

「このパン粥が、私とヴァルを繋いでくれたんだもんね」

ミルクを注いだ鍋の中に、パンを入れていく。せっかくだから、チーズ入りのものも作ろう。

ふふ、ヴァルはどっちが好きかしら。

「……みんなが、元気になってくれますように」

そんな願いを込めて、それぞれの料理を仕上げた。

「うーん！　すっごく美味しいよ、ヴィオラ！　チーズ入りのパン粥、僕好きだなぁ」

「わうわうわうっ！」

「あうあうっ！」

まず最初に食べ始めたヴァルとその兄弟たちが、口の周りに食べくずをつけて満足そうに言ってくれた。

ヘスティアも器用に前足で骨のところを押さえてお肉を食べている。もぐもぐと咀嚼するその表情は、とても満足気に見える。

「ヘスティアも美味いと言っている。それにほら、見てみろ」

通訳してくれた陛下が指さす方を見ると、それまで様子を見ているだけだった聖獣たちが少しずつ料理のところへ集まっていた。

まずは成獣がひと口、それから促されるようにして幼獣が口をつけていく。食べても害がないと分かってからは、はぐはぐと勢いが良くなっている。

よかった、食べてくれた。まずはそのことにほっとして息をつく。

「なあヴィオラ、足りないんじゃねえ？」

「あ、そうだね。じゃあおかわりの分も出そうか。でも食べているところに近づいちゃダメよ。少し遠くに置いて、ここに置くねって声をかけるだけにしないと」

「分かりました。私もお手伝いさせていただきます」

目のいいリックが料理がずいぶん減っていることに気づいてくれ、カレンさんと一緒におかわりの皿を並べるのも手伝ってくれた。

食事をしている時とは、無防備な瞬間だ。私たちのことを完全に信用しているわけじゃないだろうし、そこはちゃんと配慮しないとね。

「おかわり⁉　ね、ヴィオラ、僕たちの分もある⁉」

「あはは、ヴァルってば食いしん坊ね。もちろんあるよ、ゆっくり食べてね」

尻尾を振って目を輝かせるヴァルと兄弟たちに苦笑しながらおかわりをお皿にのせていく。

するとヘスティアもちらちらと私の方を見てきたので、おかわりをのせてあげると、同じく尻尾を振って喜んでくれた。

「ヘスティア……。おまえも〝餌付け〟、されちまったな」

「美味しいものの前では人間も聖獣も同じですよ。……というかヴィオラ殿、この料理、私たちの分はないのですか？」

ガイさんとフィルさんの期待のこもった眼差しに、私は口を引きつらせる。

「ええと……。すみません、今日は聖獣たちの分しか……」

そう答えながら、ここに来る前に味見に少しだけねと料理人たちにお裾分けしたことを思い出す。……そのことを知られてはいけない気がする。

「おや、残念ですね……」

「おい、本気で残念がってる顔じゃねぇか。おまえ、ヴィオラのメシ食うようになってから、グルメになったんじゃねぇか？」

しょんぼりと肩を落とすフィルさんに、ガイさんが苦笑を零す。

「ええ、その通りです。ヴィオラ殿には責任を取っていただかなくてはいけませんね？」

「ぶっ！　おい兄貴！　そんな冗談やめろよな⁉」

いい顔をするフィルさんに、弟であるリックが慌てふためく。

「こ、今度また同じものを作りますから……」

わいわいと盛り上がる姿を眺めながら、どこまで冗談なのか分からないフィルさんの発言に、適当に答えておくことにした。

「……おまえたち、遊んでいないでちゃんと聖獣たちの様子も見ておけよ」

「リック殿、ヴィオラ様の護衛も兼ねているのですから、もう少し落ち着かれた方が……」

片や冷静な陛下とカレンさんは、ため息をつきながら三人をたしなめた。よかった、保護者役のふたりのおかげでなんとか収まった。

赤ちゃん聖獣たちもおかわりの分までしっかり食べてくれているし、喜んでくれているみたいでよかった。

ほっと息をついた、その時。

「ヴィ、ヴィオラ！」

突然声を上げたヴァルに、弾けるように振り返ると、なんとヴァルの体が光を放っていた。

「ヴァル⁉　これは……」

「覚醒、だな」

「ええ、そのようですね」

焦る私とは裏腹に、冷静な陛下とフィルさんがそう呟いた。

覚醒？　覚醒ってなに？　ヴァルは大丈夫なの？

まばゆさが増して目を開けていられないほどになり、腕で目を覆う。

しばらくそのままでいると輝きが落ち着いたようで、そっと腕を下ろして目を開けた。

「ヴァル……？　綺麗……」

すると先程までのふわふわの白い毛並みが、輝くような銀色に変わっていた。

ヘスティアと同じように。

「ヴィオラ、やった！　僕、覚醒できた！」

尻尾を振り振り私の元へ駆け寄るヴァルの姿は、その毛の色以外はいつもと変わらない。もふもふ加減も、温かな体温も、同じ。

「ヴァル、覚醒ってなに？　大丈夫？　体、なんともない？」

嬉しそうにしているからたぶん大丈夫だとは思うけれど、念のため確認すると、心配性だなぁと笑われた。

「大丈夫だよ！　むしろ、とってもいいことなんだから！」

満面の笑みを浮かべるヴァルは、どこか誇らしげな表情に見える。するとヘスティアもそばに来て、鼻先をヴァルの顔にこすりつけた。まるで、すごいね、おめでとうって褒めてあげるみたいに。

「心配しなくていい。覚醒は聖獣にとって、とても誉れ高いことだからな」

「すげえな、俺も初めて見たぞ」

「ええ、なかなかお目にかかれるものではありませんからね」

陛下とガイさん、フィルさんがそう続け、なにも知らない私に聖獣の覚醒について教えてくれた。

曰く、聖獣は覚醒することでその能力が飛躍的に伸び、また独自の特殊な能力を目覚めさせるのだという。

それは幼獣の時に起きるとは決まっておらず、成獣であっても覚醒前であるものもいるし、また必ずしも起きるとは限らないらしい。

まあ覚醒する前になにかの事情で命を落としてしまうこともあるだろうからね。

「ヘスティアはすでに覚醒した状態で俺と契約したからな。子どもたちもまだ誰も覚醒していない。そもそも聖獣に出会うことが稀だからな。……今この場は飽和状態だが」

たしかに今、庭園のそこかしこには様々な種類の聖獣がいる。しかも親子で。

陛下の言葉で、この状況がいかに異常なのかが分かる。

ここに集まってくれた赤ちゃん聖獣たちもいつか覚醒するのかしらと思いながら振り返ると、聖獣たちがみんなこちらを向いて顔を伏せているのに気づいた。

「覚醒したヴァルを祝福しているらしいぞ。ヘスティアの顔を見ろ」

隣にいるヘスティアを見上げれば、胸を張って誇らしげな表情をしている。自分の子どもが認められて嬉しいのは、人間と同じみたい。

しばらくその光景を眺めていると、顔を伏せていた聖獣たちが続々と私たちの方へ歩いてきた。

「え？　ど、どうしたんでしょうか？」

「大丈夫だよ、ヴィオラ！　そのまま待っててあげて」

戸惑う私を、腕の中のヴァルがそう言って落ち着かせてくれた。そしてすべての聖獣が取り囲んだのは……私⁉

「みんな言ってるよ。美味しいご飯をありがとう、力が湧いてきたって」

「『うちの子もあなたの子みたいに覚醒できるように、たくさんヴィオラのご飯を食べさせてやりたい』……とヘスティアに言っている奴もいるようだな」

ヴァルと陛下が聖獣たちの言葉を代弁してくれる。

いや、私の料理を食べたからって必ず覚醒するとは限らないんですけど⁉

「聖獣の覚醒には条件があるという研究もあるのですよ。その能力が高いほど覚醒が早いとか、秘めた力が大きいものは幼獣で覚醒するとか、そんな研究結果もありますね」

私の料理で成長促進すれば、覚醒も早まるかもってこと？　いやいや、だから私の料理で〜とか、そんな物語みたいに上手くいったりする？

フィルさんの話を半信半疑で聞いていると、赤ちゃん聖獣たちが私の前に集まってきた。

「きゅ〜」

「がう、がうがう！」

「ぐるるぅ〜」

か、かわいい‼

成獣たちはそれなりに厳つい容貌のものも多いのだが、赤ちゃんはどの子も愛くるしい！

ちょ、ちょっとだけ触ってみたい。でも親御さんたちに怒られたりしないかしら……？

「ありがとうって、みんな言ってる。それから……えっ？　僕たちも撫でて、って？」

なんと許可をいただけた。それならちょっとくらい……としゃがんで、一番前にいた不死鳥

の赤ちゃんにそろそろと手を伸ばす。

もふっ。

や、柔らかい！

「きゅっ！　きゅぅ～」

その素晴らしい毛並みに感動していると、くすぐったそうに不死鳥の赤ちゃんが声を上げて羽を羽ばたかせた。

するとと白虎やグリフィンの赤ちゃんも負けじと鳴いた。

「ぐぅ！　ぐぅ！」

「がうぅっ！」

「……ヴィオラ、僕たちも早く撫でろってさ」

少し不本意そうなヴァルをよしよしと撫でた後、その他の子たちもなでなでしていく。

「わっ⁉　やだみんな、ふふ、重いよぉ」

僕も私もと群がる赤ちゃん聖獣たちは、撫でられる順番を待ちきれなかったのか跳び乗ってきて、押し倒されてしまった。

どの子ももふもふで、いい匂い。

「ああっ⁉　ヴィオラ、大丈夫⁉　もう、みんな！　ヴィオラは僕の契約者なんだからね！」

やきもちを焼いたヴァルの声が響く。

「あはは、みんな元気でいい子ね。これから毎日美味しいご飯作ってくるから、たくさん食べて大きくなってね！」

「「「「きゅぅーん‼」」」」

まるで、分かった！　楽しみにしてるよ！と返事をしてもらえたようで、私は自然と満面の笑みになったのだった。

「……まるで聖獣のためのカフェテリアのようになってしまったな」

「あ、それいいんじゃねえか？　聖獣カフェ、これからもっと流行りそうだな」

唖然とする陛下に、ガイさんが茶化して笑う。

たぶんガイさんが言ってるのは聖獣のためのカフェって意味なんだろうけど。

前世であった〝猫カフェ〟みたいに、聖獣たちをもふもふして癒やされるカフェもいいよなぁと、心の中で思ってしまう私なのであった。

お客様は何者ですか？

聖獣たちが通うようになって一週間。

噂が広まるのは人間だけでなく聖獣の中でもあっという間のようで、日に日に聖獣が増えている。奥の庭園の聖獣カフェは毎日満員御礼だ。

「おはようございます、ヴィオラ様。今日もいいお天気ですねぇ」

「おはようございます！　今日もいいことがありそうですね！」

今日もおっとりしたソフィアさんと元気なミーナさんの声で朝を迎えた。

「おはようございます。はい、いい日になるように頑張りたいです！」

すっかりこの生活にも慣れ、聖獣たちとも心通わせられるようになってきた。

聖獣たちの警戒はこの一週間でほとんどと言っていいほど解かれ、今ではどんな料理も抵抗なく口に入れてくれるようになった。

今日からは聖獣たちのご飯も騎士団で出す料理と同じメニューにしようと思っている。ただし成長促進の魔法を付与しなくてはいけないため、途中で取り分けて聖獣の分だけ別で作るつもり。

ということで、お昼だけ他の料理人さんたちにお任せの日々は一応終わった。

「ヴィオラ様のおかげで最近王宮のご飯が美味しくなってきたので、毎日今日のご飯はなにかな～って朝からウキウキなんですよね～！」

「あはは。それはよかった」

そう、なんと私の料理の評判を聞きつけた王宮の色々な食堂から、見学させてほしい！との依頼が殺到したのだ。

台に乗って調理場に立つ私を見て、この子が本当に……？と疑わしい目をして、実際に調理の様子を見て試食し、膝を折って真似（まね）させてください！となるのがデフォである。

あまりに大袈裟なので、毎回慌てて顔を上げてください！とお願いするのがとてつもなく大変だ。

でもまあ、王宮で働く皆さんに喜んでもらえているのなら、それもやむなしと受け入れるべきか。やれやれと息をついて身支度を整えてくれたミーナさんとソフィアさんにお礼を言ってふたりが出ていくのを見送る。

ぱたんと扉が閉まり、私は鏡台に映る自分の姿を見つめる。さらりと流れるすみれ色の髪と、アメジストのような紫藍の瞳。

「ヴァイオレット、か」

美しい紫色の名前を口にして、目を閉じる。

気がかりなのは、それだけじゃない。

「それにしても、まさか、ヴァルが聖属性に特化した聖獣だったなんて……」

覚醒したばかりのヴァルの姿を思い出して、嬉しく思いつつも大変なことになったなぁとため息をつくのだった。

◆　◆　◆

一週間前、聖獣たちのご飯を終えた後のこと。

カレンさんとリックとは別れ、私は陛下の執務室に呼ばれた。ヴァルも一緒に。

「――さて、おまえの契約獣がめでたく覚醒したわけだが……。どうだ？　なにか変化を感じないか？」

陛下がなにを言いたいのかよく分からなくて首を傾げた。

「僕は感じるよ！　今までとは違う、こう……力がみなぎっていく感じ！」

私とは違ってヴァルには感じるものがあるようだ。今までとは違う、力……って。あ。

「覚醒して、独自の特殊な能力が目覚める……って、あれのこと？」

「そう！　僕、ヴィオラの役に立ちそうな能力に目覚めたんだよ！」

きらきらした目を向けてくるヴァル。だが私は少し嫌な予感がしている。冷や汗をかきながらヴァルの言葉を通訳すると、陛下がふむと頷き口を開いた。

「そうか。ヴァル、おまえはどんな能力に目覚めたんだ？」

あっ、まだ私の心の準備が……！

「ふふーん！　それはね！　じゃーん‼　聖属性の力だよ！　珍しいでしょ？　えっへん！　どんなことができるかっていうとねー」

べらべらと自分の特殊能力について語るヴァルに、私はがっくりと肩を落とす。

ぽっこりお腹を反らして得意げに発表する姿はかわいいよ？　かわいいけど、でも……！

「おい、項垂れていないで、ヴァルがなにを言っているのか早く通訳しろ」

「はい……」

もうどうにでもなれ。そんな気持ちでヴァルの言葉を陛下たちに伝えていく。

「――聖属性に特化した能力、ね」

「ヴィオラ殿の、料理への魔法付与の力がかなり上がりそうですね」

「そんでもって火と水の能力もかなり上がったってか。料理に火と水はつきものだからか？」

意外と冷静なお三方は、もう私のチートさに驚くのをやめたらしい。私としてはこれ以上すごい能力なんていらなかったのだが……。

ヴァル個人としては、火と水の魔法と、回復をはじめとする聖属性魔法が使えるようになったらしい。

聖獣は人間みたいに鑑定なんてしなくても自分の力が分かるんだって。そして契約者である私も、自ずとその三つの能力が爆上がりしたらしい、のだが……。

「あの……。聖属性ってことは、聖獣たちに作っている料理に付与された成長促進の魔法も強まるのでしょうか？　あまり強すぎると、赤ちゃん聖獣たちの体に負担がかかるのでは……」

「ああ、それなら心配いりませんよ。成長促進は光属性の魔法ですからね。それに、力が強くなっても慣れれば調整できるはずですよ」

フィルさんの説明に、ほっと胸を撫で下ろす。光属性と聖属性ってなんとなくイメージがかぶるのよね……。

「聖属性は体力の回復の他に、解呪なんかもあるな。あとはアンデッド系のモンスターへの攻撃魔法もあるぞ」

アンデッド系って……ゾンビ的なやつ？

「それは……遠慮したいです」

完全に引いた私に、そんなことさせねえから安心しろ！とガイさんが笑う。

「聖属性は使える人間が少数だから、知られていないことも多い。使えても低レベルの者がほとんどだという話だしな。おまえの元々のレベルは6だったか。そこからヴァルの覚醒により上がったということは……」

少なくとも7以上。陛下の言葉に、私は頭を抱えずにはいられない。

「ま、まあまあ、そう心配するな。未知の魔法が使えるかもしれんと思うと怖いだろうが、使わなければ問題ない」

よしよしとガイさんが頭を撫でてきた。

まあたしかにそうなんだけれども。

「ですが、ヴィオラ殿の料理に回復の効果があるということは、このところ騎士団内で囁かれているそうですよ。珍しい力を利用しようとさらわれたりする危険があるため、陛下が早めに箝口令を敷きましたが」

「ええっ⁉」

「あーまぁなぁ。ヴィオラ、料理を作る時に、みんなが元気に頑張れますように～とか考えてるだろ？　それがどうしても付与されちまうんだな」

フィルさんの発言に驚くが、たしかにガイさんの言う通り、魔法を付与しているのは私だ。

「……これからは、料理を無心で作るか？　それならば、効果はほとんどないだろう」

表情こそあまり変わっていないが、心配そうな声色で陛下がそう聞いてきた。

無心で作るってことは、気持ちを込めないで作るっていうこと。

『俺はな、すみれ。客が俺の料理を美味いって言ってくれることがなによりも嬉しいんだ。昼飯を食って、これで午後からも頑張れるって言われるのも、そりゃあ嬉しいもんだ。忙しいからってただ手を動かして作っただけの料理なんて、俺は作らねえよ』

突然、フラッシュバックのように前世でお父さんがよく言っていたことを思い出す。

ただ作るだけなら、そのうち機械でもできるようになるだろう。でも食べてくれる人のことを考えて、想いを込めて作るのは、人間にしかできない。

厨房の料理人さんたちもそうだ。騎士さんたちが頑張れるようにって、いつも一生懸命作っている。

それなのに、私はその能力を隠すために、それをやめるの？

「それ、は……。したくない、です」

私が料理を作るのは、食べてくれる誰かのため。陛下やフィルさん、ガイさんに騎士のみんな、聖獣たち。美味しいって笑ってくれる、そのために。

「……泣くな、ヴィオラ。俺が悪かった」

そう言うと、陛下が私の隣に腰を下ろした。

「ふ、ふえぇ……」

困った、幼児化して涙腺が緩くなってしまったのだろうか、当然涙が溢れてきた。

急に泣き出した私に、ヴァルやフィルさん、ガイさんも戸惑っている。

みんなを困らせてはいけない、それは分かっている。それに、これが私のわがままだっていうことも。チートな能力は隠したい、だけど気持ちを込めて料理を作らないなんて考えられない。

そんなの、できっこないって分かっている。でも、怖い。

稀少だ、未知の力だと言われても、私に使いこなせるのか分からないから。もしかして私の力が悪用されることもあるんじゃないかって、不安だから。

ほろほろと涙を流す私の背中に、陛下がぎこちなく手を添えた。そして、恐る恐る撫でてくれた。

「騎士たちに回復効果のことを隠すことは、もう難しいだろう。だが、騎士たちが他に広めないようにすることはできるはずだ」

「そ、んなこと……」

優しい陛下の声は心に染みていくけれど、そんなことが可能なのだろうか？

「誰かが広めるんじゃねえかって心配か？　俺は大丈夫だと思うぞ」

ガイさんもそう言ってくれるが、みんながみんな黙ってくれるなんて保証は……。

「現に陛下が箝口令を敷いた時も、ヴィオラが困るなら誰にも言いません！と多くの……いえ、ほぼ全員じゃないでしょうか？　騎士たちが誓ってくれましたよ」

「ああ、料理長をはじめとする料理人もな」

「え……？」

食堂でのみんなの姿が頭に浮かぶ。

「僅かな月日であの騎士団専用食堂を掌握するとは、末恐ろしいな、おまえは」

陛下が隣で苦笑いする。

「それだけあなたが愛されているということですよ。その僅かな期間でも、十分あなたがいい子であることが皆に伝わっているということでもありますね」

フィルさんも、そう言って優しく微笑んでくれる。

「だなぁ。魔物討伐の後で疲労困憊な時も、ヴィオラの料理と笑顔で心身共に癒やされたって騎士も多いしな。俺たちはおまえに感謝してるんだ」

からりとガイさんも笑う。みんな、そんなふうに思っていてくれてたんだ。

「私……。これからも、気持ちを込めて料理を作ってもいいのでしょうか？」

「いいに決まってるじゃん！　もし口外するような奴がいたら、僕が見つけてつるし上げてやるから！」

腕の中でヴァルも勢い良く頷いてくれる。そんな息まく姿に、それは怖いわねと、思わず笑みが零れた。

「ヴィオラ、おまえはおまえの好きなようにやるといい。俺たちはおまえの優しい味の料理に惚れ込んでいるからな。後のことは任せろ、俺たちが守ってやる」

うんうんとフィルさんたちもそれに頷いた。

優しすぎる陛下の言葉に、ぼっと頬に熱が集まる。

「もう、あまり甘やかさないでください……」

「子どもというのは、かわいがられて育つものなのだろう？　ならば問題ないはずだ」

素っ気ない声だったけれど、その優しさがあまりに心地よくて。私はついそのまま甘えることになってしまった。

◆　◆　◆

「結局、騎士と料理人のみんなにはカミングアウトしたけど、むやみに広めたりしないって言ってくれたし」

むしろ涙を流して俺たちが守ってやるからな！と言われた。

「……みんな、優しいんだから」

いつか、そんなみんなのために、この力と向き合って、惜しみなく使いたいと思う日が来るのかもしれない。この力を差し出せと強要されないことに、感謝しかない。

今はただ、自分ができる範囲でのやれることをこなすだけ。

「赤ちゃん聖獣たちのご飯作りと騎士団のみんなのご飯作り、それと陛下たちのご飯作り」

見事にご飯作りばかりねと苦笑する。

「少しずつ、自分の持つ力と向き合っていかなきゃね」

そのためにも一日一日を頑張ろうと、自室の扉を開けたのだった。

「え？　お客様？」

「ああ。隣国の第三王子だよ」

いつものように聖獣たちのご飯を運ぶ道中、リックから賓客来訪の話を聞いた。

「同盟国の方なので、丁重にお迎えしておりまして。陛下やローマン秘書官殿はしばらくお忙しくなるかと」

カレンさんがそう付け加えてくれた。

そうか、だからしばらく陛下の料理は作らなくていいと言われたのか。

実は昨日、陛下からの言付けだとガイさんからそんなことを聞いていた。どうしてだろうと何気なく疑問を口にしたところ、リックがそれに答えてくれたのだ。

「ヴィオラの料理に特別な力が込められてるなんて、知られたくないだろ？　だからだよ」

そういうことだったのかと納得する。

まぁ、王宮内全体の料理のレベルが上がったってミーナさんも言っていたし、私がいなくても十分美味しい料理を振る舞えるはずだ。

「それと、聖獣様が奥の庭園で集っていることも、秘匿しておきたいとおっしゃっていました」

そうか、私との約束を守ろうと気遣ってくれたのか。その心遣いがたまらなく嬉しくて、胸が温かくなる。

「でも陛下、今までのようにちゃんと野菜を食べてくれるでしょうか？」

「そうですね……。正直言って、ヴィオラ様以外の料理で野菜に手をつけたところを見たことがありませんね」

悪魔王陛下ならぬ、偏食大魔王の名前を思い出して苦笑いする。

「まあそう長い期間じゃないから大丈夫だろ。時々なんか差し入れでも作って差し上げたらどうだ？」

「それ、すごくいい考えね！」

だろ？とリックがどや顔をする。

そうだ、陛下のことだから夜遅くまで仕事してそうだし、夜食でも作ってカレンさんに託すくらいしてもいいよね。

「なにがいいかな？」

「肉だろ、肉」

「今の話の流れなら、野菜がとれるものの方がいいのでは？　執務しながらでも食べやすいものなど喜ばれると思います」

リックとカレンさんの意見は、どちらもまっとうだ。

陛下はお肉が好き。でも野菜不足も心配だし、忙しいみたいだから書類を確認しながらちょっとつまめるくらいのものがいいだろう。

「……あ。あれにしようかな」

「お、なにか思いついたか？　味見ならいくらでもしてやるから、俺の分も作ってくれよな！」

頭の中に浮かんだメニューを話してみると、ふたりから賛同を得ることができたので、さっそく今日の夜に作ってみることにした。

夕食後。

「あれ？　ヴィオラ、まだ帰らないのか？」

「あ、ちょっとやりたいことがあって。カレンさんもいますし、料理長に許可はもらってるので」

「そうか、じゃあ気をつけてな」

最後の料理人さんを見送り、私とカレンさんは厨房で陛下とフィルさんへの夜食作りを始めた。

「ええと、〝ぱにーに〟？　でしたっけ？」

「はい。まあ正しくは、〝なんちゃってパニーニ〟って感じですけど」

私が作ろうと考えたのは、簡単に言うとイタリア風ホットサンド、パニーニだ。サンドイッチでもいいかなと思ったのだが、仕事をしながら食べるかもと考えると、プレスして焼くこちらの方が、片手で持ちやすいのではないかと思ったのだ。

「使うのは、コッペパン。あと、好きな具材です」

「まあ、お肉に野菜に、色々ありますね」

サンドイッチと同じく、パニーニはだいたいなにを挟んでも美味しくできる。食べる人の好みに合わせて色々組み合わせを変えられるのもいいよね。

陛下の好きなお肉類は、ハム、ベーコン、ソーセージ、それに牛肉を焼いて甘辛く味付けしたもの。野菜類は、サニーレタスやスライスしたタマネギ、プチトマトにベビーリーフ。あとはスクランブルエッグやチーズなど、他の具材との相性抜群のものも用意した。

これを切れ込みを入れたコッペパンに挟んで焼くだけ。塩コショウやマヨネーズも具材に合わせて入れていく。

「カレンさんも、こんなふうにパンの切れ込みに具を入れてもらえますか？」

「はい。どれもこのままでも十分美味しそうですね」

今回はカレンさんもお手伝いしてくださるとの申し出があったので、具を詰めるところだけお願いすることにして、焼くのは私がすべて行う。

基本は栄養のことを考えての夜食だが、忙しくてお疲れだろうから、料理に回復効果もつけたい。私が作らないと魔法は付与されないもんね。

美味しくできあがりますように。陛下やフィルさんの疲れが、少しでも取れますように……。

そんな思いを込めて、具を挟んでいく。

「終わりましたね！　ではこれをフライパンに並べて、潰しながら焼きます」

本当はパニーニプレスっていう機械を使うんだけど、そんなものがあるわけがないので、今回はフライパンで。耐熱のお皿をパンの上にのせて焼くだけで完成だ。

幼女の手には少し余る大きさと重さのお皿を落とさないように、慎重にフライパンに並べたパンの上に置く。

「まあ、ぺっしゃんこ！」

「こうやってふたつに切れば、中身も見えるし見た目も色鮮やかですよ」

潰れたパンの中央に包丁を入れれば、中のサニーレタスやトマト、とろりととろけたチーズが顔を出す。

「潰れている分、たしかにサンドイッチよりも持ちやすそうですね。とても美味しそうです」

「美味しいと思いますよ。おひとつ、いかがですか？」

カレンさんは遠慮したのだが、味見は作り手の特権ですから！と言って半ば強引に手渡す。

カレンさんたち侍女さんは騎士団専用食堂で食べることはないので、私が作ったものを実際に食べたことはまだない。だから一緒に作ったこんな時くらい、食べてもらいたいなと思ったのだ。

「で、ではひとつだけ……。んっ！　な、なんですかこれ⁉　チーズがとろとろで、お、美味しいです……！　サンドイッチとは全然違います！」

恐る恐る口にパニーニを入れたカレンさんは、目を見開いて美味しいと言ってくれた。頬も緩んで、いつもより反応も大きい。本心で言ってくれているのだと思うと、すごく嬉しくなる。

「そうでしょう？　よかったら、少し持っていってくださいね。あ、そうだ。もし可能なら、ミーナさんとソフィアさんにもあげたいです。いつもお世話になっているので……」

ふたりにも日頃のお礼に渡せたらなと思ったのだが、カレンさんは少し眉を寄せた。

「そのお気持ちは嬉しいのですが……。その、今作ったものはよろしくないかと」

え？と首を傾げると、カレンさんが困ったように微笑んだ。

「おそらく意識して回復効果を付与されたことと思います。ならばその効果も強いでしょう。もしもふたりがそれに気づいたら……」

「あっ……！　そ、そうですね」

なんてことだ、すっかり失念していた。

『疲れが少しでもとれますように』って、気持ちを込めてしまっているじゃない！

平穏に暮らしたい、チートな能力を隠したいと思うのなら、そう気軽に料理を振る舞ってはいけない。

でも。そこで少し胸の奥がモヤモヤする。

この能力を隠したいから、限られた人にしか料理を出さないの？

色んな人に食べてもらって、美味しいって笑顔になってほしい。大切な人たちに、感謝の気持ちを込めて料理を振る舞いたい。そう、思っていたんじゃないの？

それに、治癒や回復の力、聖獣すら救うようなこの力は、苦しんでいる誰かを助けることになるんじゃないの？

陛下や騎士さんたちの助けにはなっているかもしれないが、もっと他にも苦しんでいる人はきっとたくさんいる。

そういう人を助けられるかもしれないのに、自分の平穏のために見ないふりをする。それで、私はいいのだろうか？

「ヴィオラ様？」

カレンさんの声に、はっと我に返る。

「その、回復の効果を込めるのではなく、感謝の気持ちの方を強く込めて作れば、多少はごまかしやすくなるかと」

「え……？」

「ヴィオラ様の、私たちの分もというお気持ちはとても嬉しいので。少しだけでも効果を弱めてくれたら、私がなんとかしてごまかしますから」

カレンさんの予想外の提案に、私は目を見開く。

「……カレンさん、私のこの力を国のために使った方がいいって、ほんとはそう思ってますか？」

　ぐっと拳を握って、思いきってそう聞いてみる。

　急に話が変わったことに首を傾げながらも、カレンさんはすぐにそれに答えてくれた。

「そうですね。もちろんヴィオラ様のお力を存分に発揮していただけたら、それはもう国の助けになると思います」

　そう思うのが普通よねと少しだけ俯くと、ですが、とカレンさんは続けた。

「ヴィオラ様にも事情があり、考えがある。私の物差しで考えを押しつけるのは、違うと思います。優しいヴィオラ様が、その力のことで色々と悩んでいらっしゃるのであろうことは、私でも容易に想像がつきます」

　その言葉に、弾かれたように顔を上げる。

「自分の力をどう使うか。それは、あなた自身が決めることであって、外野が口を出すことではありません。あなたは、そうやって自分でその力に向き合って、きちんと考えることができる。ですから、急がなくてもいい。時間をかけて答えを出せばいいのだと、私は思います」

　優しく微笑むカレンさんの表情が、もうおぼろげな前世のお母さんの笑顔と重なった。

　あれは高校受験を控え、進路に悩んだ時。定食屋の娘だから当然そっちの道を選ぶのだと周囲から思われがちで、栄養士を目指そうかと思いつつも、悩んでいた時だった。

『外野の声に振り回されなくても、あなたはちゃんと自分で考えられるし、決められる。お母さん、ずっと応援してるからね』

そんな、お母さんの温かい言葉が頭の中で響いた。

「……ありがとうございます、カレンさん」

私、大切なことを忘れていた。

「やっぱり、ミーナさんとソフィアさんにも食べてもらいたいです。いつもありがとうの気持ちを込めて。カレンさん、一緒に作ってもらえますか？」

もちろんですよと微笑んでくれるカレンさんは、まだ若いけれど、どこか前世のお母さんを思わせる温かさがあった。やっぱり少しだけお母さんに似ていた。もちろんカレンさんはお母さんよりも断然若い、前世の私と同じくらいの年のお姉さんだけどね。


すべて作り終えた私は、カレンさんと一緒にパニーニの入った籠を持って陛下の執務室へと向かっていた。

手で持って食べる料理なので、お皿にのせるのではなく、持ちやすいようにペーパーで包んでみた。

ちなみにミーナさんとソフィアさんの分は、後でカレンさんが持っていってくれることになっている。幼い私が夜更かしするのは良くないからって、陛下に渡したら自室に戻るようカレンさんに言われてしまったから。

私の体のことまで考えてくれるカレンさんは、本当に優しい人だ。

執務室の扉の前まで来て、ふうっとひと息つく。別に今まで何回も料理を食べてもらってきているわけだから、こんなに緊張しなくてもいいんだけれども……。

「陛下、失礼します」

「カレンか。入れ」

ノックしてくれたカレンさんに、向こう側から陛下が応え、扉が開かれる。すると予想通り、机にたくさんの書類を置いて忙しそうに仕事をする陛下とフィルさんの姿が現れた。

「ヴィオラ？　どうしたんだ、夜遅くに」

「おや。子どもはもう寝る時間ですよ？」

陛下には驚かれ、カレンさんと同じくフィルさんには完全に子ども扱いされてしまった。

「あはは……。これを届けに来ただけですので」

「なんだ？　これは、……潰れたパン？」

籠の中身をひとつ取り出して見せると、陛下は怪訝そうにパニーニを見つめた。

まあそうよね、ただの潰れたパン、ぱっと見そう思っちゃうよね。

「〝ぱにーに〟というそうです。中に色々な具を挟んで、潰しながら焼く料理らしいですよ」

なんだそれはという顔をする陛下とフィルさんに、くすくすと笑いながらカレンさんが説明してくれた。

「八つあるのですが、ひとつひとつ中身が違うので、お好きなものを選んでください」

「そうか。ならば俺はこれをもらおうか」

「では私はこれを」

陛下は厚切りのベーコンとレタス、チーズのパニーニを、フィルさんはハムとスクランブルエッグのパニーニを選んで食べてくれた。

早くも回復効果がじんわり効いてきたのか、なんとなく顔色が良くなった気がする。

「はぁ……なんだか久しぶりにヴィオラ殿の料理を食べた気がしますね。美味しくて癒やされるという言葉がぴったりです」

「このところ、ろくな食事をとっていなかったからな。国賓との会食は一見豪華だったが、やはり俺はこちらの方が好きだ」

どうしよう、ベタ褒めされすぎて恥ずかしい。そんなことありませんよ……と小声で恐縮するのが精いっぱいだ。

「しかし今日の料理はいつもと雰囲気が違うな。別の国の料理のようだというか……」

わ、陛下ってば鋭い。

普段は定食屋でよくある料理を作ることが多いけれど、これはイタリアの料理。

定食にこだわらず、和・洋・中なんでもこいなお兄ちゃんに教えてもらいながら、何度か作ったことがあったのだ。ふとあの頃の家族の光景がよみがえる。

「はい。いつもとは少し違う料理ですが、気に入ってもらえたなら嬉しいです」

あの頃の、みんなみたいに。

家族と過ごした日々は、大切な私の思い出。宝物のように胸にしまっておきたい、そう思う。

すると、そんな私の様子がおかしいと思ったのか、陛下が眉間に皺を寄せ、口を開いた。

「ヴィオラ、おまえ――」

コンコン

「失礼するよ、シルヴェスター！」

そこへ、扉をノックする音がしたかと思うと、間髪入れずに元気な声が飛び込んできた。

その声の持ち主は、鮮やかな長い銀髪を緩くひとつに束ねた、紫の瞳の優し気な風貌の男性だった。

「……おや？　すまない、お取り込み中だったかな？」

ぽりぽりと頬をかいて、男性は首を傾げる。

その男性を見ると、なぜかカレンさんがさっと壁の方に向かって下がり、軽く頭を下げた。

その当然の出来事に、私が口をあんぐりと開いていると、銀髪の男性と目が合った。

「おや、ずいぶんとかわいらしいお客様だね。それと……」

男性は私の持つ籠の中身と陛下とフィルさんが手に持つパニーニを見て、にっこりと笑った。

「なんだい、みんなでいいものを食べているじゃないか。僕にもひとつくれるかな、お嬢さん」

「え、あ、あの」

声をかけられたが、驚きすぎて上手く答えられない。そうしているうちに私の目の前に来た男性は、籠からパニーニをひとつ掴むと、そのまますぐに口の中に入れてしまった。

「あ」

「「「あああっ⁉」」」

止める間もなく、とはこのことである。

私だけでなく、陛下やフィルさん、カレンさんまで声を上げてしまった。

「な、なんだいみんなして。……うん、美味しい。これ、すごく美味しいじゃないか！　見たことのない食べ物だけれど、お嬢さん、まさか君が作ったのかい⁉」

「え、あ、はい」

ずいっと顔を寄せられ、反射的にそう答えてしまう。近くで見るとすごく顔の造りが整った男性だ。

「おい、ヴィオラ！」

「へぇ、君、ヴィオラちゃんっていうのかい？　かわいい名前だね！」

陛下が私を呼んだのに反応し、男性がさらにぐいっと顔を近づけてきた。近っ！　距離感！

距離感どうなってるんですか⁉

綺麗な顔が視界いっぱいに入ってきて、あわあわと慌ててしまう。

なんて答えればいいのか。はい、は違うよね。ありがとうございます？　それとも、そんなことありません？

頭の中でぐるぐる考えながらもなにも言えずに固まっていると、もうひとつちょうだいと言って男性が籠の中のパニーニをひょいと口に入れた。

「あ、ひとつひとつ中身が違うんだ？　本当に美味しいねぇ、これ。やみつきになりそうだよ」

もぐもぐと幸せそうに頬張る男性は、そういえば誰なんだろう。

「……そこまでだ。ヴィオラから離れろ、ノア」

陛下がべりっと私を男性から離れさせ、自身のうしろに庇ってくれた。

えーっ！と不満気な男性は、どうやらノアさんというらしい。

「えーっ、ではありません。いくら子どもとはいえ、初対面の女性に馴れ馴れしくするものではありませんよ」

ため息をつくフィルさんがそうたしなめると、ノアさんはぶーっと子どものように頬を膨らませた。

「はいはい、分かったよ。でもさぁ、君たちだけでこんな美味しいものを独占するなんて、ズルいじゃないか。僕たちの仲だろう？」

ねぇ？とノアさんは陛下のうしろにいる私を覗き込んで微笑んだ。

「どんな仲だというんだ。それに、そう容易に近寄るなと言われたばかりだろう。ヴィオラが怖がるからやめろ」

ため息をつくと陛下は、再度私を背中に隠した。どうやら庇ってくれているらしい。

「なんだい、ずいぶんと大切にしているじゃないか。僕にそのかわいいお嬢さんを紹介してくれよ」

陛下の背中に隠れているから表情は見えないが、どうやらノアさんは私に興味を持ってしまったらしい。

陛下たちも、そのことには気づいているはず。それを警戒してのことかは分からないが、陛下は私を隠しながら紹介を始めた。

「……こいつはヴィオラ。森の中で偶然拾ったのだが、作る料理が思いのほか俺の口に合ったから、俺専属の料理人として雇っている」

ちょっと違う気はするけど、だいたい合ってる。嘘はついていない。

ノアさんも、へえと言って納得している様子だ。

「そしてヴィオラ、こいつはノア・シンドラー。同盟国である隣国、シンドラー王国の第三王子だ。今はこの王宮に滞在している」

「よろしくねーって。顔くらい見せてよシルヴェスター！　挨拶できないじゃん！」

「やかましい。ノア、一体なにをしに来たんだ？　用件を言え」

そう言って、陛下は私に興味津々なノアさんの意識を逸らそうとしてくれた。

「うん？　ちょっと小腹が空いてね。どうせ君たちも仕事をしているだろうと思って、一緒になにかつままないかと誘いに来たんだ」

「ならばもう用は済んだだろう。俺は忙しい、出ていけ」

あっという間にパニーニをふたつも平らげてしまったノアさんを、陛下はそう言って追い払おうとした。

それにしても、カレンさんの様子からもしかしてとは思っていたが、やはり彼は今日からしばらく滞在するという、隣国の第三王子だったらしい。

……なんかちょっとフレンドリーすぎる気はするが、お互い名前で呼んでいることからも、陛下とはそれなりに親しい間柄のようだ。

「ノア王子、申し訳ありませんがヴィオラは少し人見知りでして。ご挨拶もなく、大変不敬とは存じますが、ご容赦ください」

どうやらフィルさんも私が王子とあまり接触しないように気を使ってくれているみたい。どうにかして部屋から追い出したい！という心の声が、陛下とフィルさんから聞こえる気がする。

「……ふぅん？　まあいいや。お腹は満たされたし、邪魔をしたのは悪かったからね。ああ、ヴィオラちゃん、本当にとても美味しかったよ、ありがとう」

ちらりと陛下の背中越しにノア王子の姿を覗く。

一応人見知りっていう設定になったみたいだし、しゃべるんじゃなくて頷くぐらいにしておこう。おずおずと見つめてこくんと頷けば、なんだろう、王子の顔が緩んだ気がした。

「なんか美味しいもの食べてかわいいお嬢さんを見たからかな、元気が出てきた気がするよ。さて、じゃあ僕も部屋に戻ってもうひと頑張りしようかな！　またね！　あ、ついでにもうひとつもらっていくよ！」

そう言うと、王子はまた籠の中からパニーニをひとつつまみ、もぐもぐと食べながら上機嫌で部屋を出ていった。

それは料理に付与された回復の効果ですとも、食べすぎですよとも言えず、私はそのまま王子を見送った。

扉が閉まってしばらく沈黙が落ちたのち、誰からともなく、はああああぁ……と深い安堵のため息が漏れた。

「どうにかごまかせたでしょうか」

「さあな。あいつは意外と鋭いからな、油断せず、慎重になるべきだろう。契約のことも、庭園の聖獣のこともあるから、ヴィオラはあまりここに来ない方がいいかもしれない」

フィルさんにそう答える陛下の表情は硬い。いつもあまり表情を変えない人だけれど、私のことを心配してくれているのだと分かる。

その一見そっけない物言いも、私のためを思ってのことだと知っている。

「ヴァル」

意を決した私は、小さく呟いて自分の契約獣の名前を呼ぶ。契約獣は、契約者の呼びかけでどこからでも姿を現すのだと聞いたから。

「ここにいるよ、ヴィオラ」

すると、予想に反してカーテンの陰からひょっこりとヴァルが姿を現した。

「え!? い、いつからそこにいたの!?」

「ごめん、美味しそうな匂いがしたから。でも知らない奴が来たから隠れてた」

なんとこの食いしん坊な契約獣は、そのままの声が届く位置に潜んでいたらしい。……召喚するみたいに呼んだ私が恥ずかしいじゃないか。

とてとてと近づいてくるヴァルを複雑な気持ちで見つめ、心の中で恥ずかしさを爆発させる。ま、まあ出鼻を挫かれた感はあるけれど、仕方がない。

こほんと咳払いをし、気を取り直してヴァルに向き直る。改めて覚悟を決めて告げようとすると、私よりも先にヴァルが口を開いた。

「大丈夫だよ、ヴィオラ。僕、もっと強くなって、ヴィオラのこと守るから」

「え……。ヴァル、どうして……」

私が言いたいこと、分かるの？

そう聞こうとした、その時。

「おい」

「きゃあっ⁉」

突然ここにいないはずの人の声がして、びっくりして振り向く。するとそこには、なぜかガイさんが立っていた。

「すまん、一応ノックはしたし陛下に入室の許可は得たんだが。それよりもヴィオラ、さっきそこの廊下でノアの奴が……」

「ああ、ヴィオラの料理を食べてしまってな。おまえも心配になって来たのか？」

どうやら廊下でパニーニを持ったノア王子に会ったガイさんは、私のことがバレたのかと心配して来てくれたらしい。

陛下もフィルさんもガイさんも、そしてカレンさんも。まだ出会って間もない私のことを、こんなに心配してくれるなんて。

ぎゅっと抱き上げたヴァルを抱きしめる。もうこの世界でもひとりじゃないんだって、思えるようになった。だから、心に決めたことを、今打ち明けよう。

「……私、自分の能力のことを隠すの、やめようと思うんです」

え⁉と驚きの表情を浮かべる四人の顔を見て、ぷっと笑みが零れる。

自分のためだけじゃない。

ここで出会った、大切な人のために頑張りたいって気持ちが、花開いたから。

＊＊＊

「ふぅん。やっぱりこの料理、なにかあるっぽいね」

先程シルヴェスターの執務室でヴィオラからもらった食べかけのパニーニを眺めながら、ノアは眉をひそめた。

「ノア様。毒味もなくなんでもすぐに口にするのは……」

「大丈夫だよ、レナルド。シルヴェスターやフィルも食べていたからね」

そういう問題ではないと、ノアの護衛であるレナルドはため息をついた。

レナルドは医療分野に秀でた家門出身なのだが、ある理由から幼い頃よりノアの側付きとして彼に仕えていた。そして、あらゆるものから主人を守りたいとの強い意志から、剣術の腕を磨き、五年前から護衛として付き従っていた。

長年ノアのそばで過ごしてきたレナルドは、主人の性格を誰よりも熟知している。

馴染みのある場所とはいえここは他国。緊張感を持ってほしいと思いつつ、それ以上なにも言わなかったのは、己の主が言っても聞かない人物であることをよく知っているからだ。

「なにを隠そうとしているんだか。嫉妬しちゃうなぁ」

幼い頃からこの国に来るたびに一緒に遊んでいた友人たちの姿を思い浮かべて、ノアは笑う。

そして先程シルヴェスターの背に庇われていた、可憐な容姿の少女のことも。

「ヴィオラ、ね」

シルヴェスター越しにノアを覗いてくる美しい紫藍色の瞳を思い出して、ノアはまたふふっと目を細めたのだった。

今の私にできること

私は自分の能力を公表したいと伝えた後、陛下とフィルさん、それにガイさんとカレンさんに、今の気持ちを話した。陛下たちが忙しいのは分かっていたから、また時間のある時にでも……と遠慮したのだが、全員から今話してほしい！と前のめりで言われてしまい、結局その場で話すことに。

私のことを気遣わし気に見上げてくる腕の中のヴァルに大丈夫だよと微笑み、みんなに向かって口を開いたのだった。

やっぱり料理が好きだということ。

色んな人に食べてもらって、美味しいって言ってもらえて、元気が出た、また頑張れるよって言ってもらえることが、なによりも嬉しいってこと。

自分の力のことは、まだちょっと怖いと思っている。

けれど、この力を隠すために料理をすることを控えたくないし、怖いからって自分の力を認めないのも違うんじゃないかって思った。

それに、この力を隠し続けるのは、ヴァルのことを否定することにもなるかもしれないって、気づいた。

ずっと私のそばにいてくれて、つらい時も嬉しい時も一緒にいてくれた、大切な存在のヴァル。

私を守ってくれているヴァルと力を合わせて、好きな料理を作って、それが誰かの役に立てるのなら。こんなに素敵なことってないんじゃないか、そう思った。

「今まで誰にも頼れなくて、いつもひとりだったから。でも、力を隠していることは、周りの人たちやヴァルのことを信じてないことになるのかなって……」

たどたどしかったと思うけれど、私は自分の考えと気持ちを伝えた。言葉にするのは難しくて、この思いがきちんと伝わったかは分からないけれど。

「……それは仕方のないことだろう。急にひとりで見知らぬ国に来て、知らない人間に囲まれて生活することになったんだ。無意識に警戒してしまうのは当然のことだ」

「そうだな。そんな中でも一生懸命やってきたヴィオラのことを、誰も責めないさ」

陛下とガイさんが、そう言って受け入れてくれた。

「あなたはいつも笑顔でしたから、大丈夫だろうと勝手に思っていた私たちもいけなかったですね。もう少し気遣うべきでした」

「ですが、そんなふうに思えるようになったということは、ヴィオラ様が私たちのことを心から信頼してくれるようになった、ということでよろしいでしょうか？」

今までだって私のことを気遣ってくれていたフィルさんとカレンさんも、そう言って優しく微笑んでくれた。

それが嬉しくて。瞼が熱くなって、そんなつもりはなかったのに、もちろんです！と叫びながら、私は泣いてしまった。

「わ、私も、皆さんのお役に立てるようになりたい、です。大好きな料理も、みんなに食べてもらいたい。ヴァルのことも、聖獣たちのことも、大切にしたい。……なによりも、私が、私のことを大切にしてあげたいんです」

前世で失ってしまった、すみれとしての生の分まで。この世界での生を大切にしたい。

やりたいことを我慢せずに。

自分の力を発揮して。

大切な人たちと一緒に、支え合って。

つらいことも、悲しいことも、楽しいことも、嬉しいことも経験して。

私は、ヴィオラとしての人生を、幸せなものにしたい。

「たぶん、皆さんにいっぱい迷惑をかけてしまうと思いますけど……」

「ああ、丸ごと受け入れよう。それがおまえを受け入れた、俺の責任だからな」

優しすぎる陛下の言葉に、私はまた号泣してしまったのだった。

翌朝、いつものようにミーナさんとソフィアさんが私を起こしに来てくれた。

「おはようございま～す、って、どうしましたヴィオラ様⁉」

「あ、おはようございます、ミーナさん」

「あらあら、かわいらしい目が真っ赤に……。ヴィオラ様、昨夜泣きましたね？」

「あはは……。ちょっと昔のことを思い出しちゃって……。でも、もう大丈夫です、たくさん泣いて、スッキリしましたから」

泣きすぎて腫れてしまった私の目を見て、ミーナさんは絶叫し、ソフィアさんは冷たいタオルを当ててくれた。こんなふうに、今までずっとみんなの優しさに包まれてきたのだなと実感して、また胸が温かくなる。

「そういえば昨夜、カレン様からお料理、いただきましたよ！　私たちの分までありがとうございました！」

「ええ、ヴィオラ様が作ってくださったんですよね？　とても美味しかったです」

身だしなみを整えてもらいながらミーナさんとソフィアさんから昨日のパニーニのお礼を言われ、気恥ずかしい気持ちになる。

「いつもこうやって色々とお世話になっているので……。お口に合ったならよかったです」

こうしていると、やっぱり私って、作った料理を色んな人に食べてもらうのが好きなんだなぁと改めて感じる。

「ここだけの話、いつも陛下や騎士たちだけズルイなぁって思ってたんですよね～」

「ヴィオラ様が教えてくださるようになって騎士団以外の食堂の料理も美味しくなってきましたが、昨日の料理は格別に美味しかったですものね」

楽しんで料理を作って、美味しく食べてもらって、みんなが笑顔になって。

「ありがとうございます。またなにか作ったら持っていきますね」

これが私が望んでいたものなんだって、今になってやっと分かったの。


「へぇ、隠すのやめるんだ?」

「うん。このまま隠し続けるのは無理かなって。まだ少し怖いけど、みんなの役に立てるような使い方をしたいって思ってる」

いつものように聖獣たちのご飯を作って庭園まで運ぶ道中、リックにも昨夜のことを伝えた。

今日はカレンさんが用事で不在なので、リックとヴァルの三人でワゴンを押している。

リックは心配するというより、自分で決めたことなんだからいいんじゃないかって感じの反応だ。でも大人組は私に対してちょっと過保護というか、甘やかしすぎじゃないかと思うことも多いので、あっさりとしたリックの反応が普通だと思う。

「まぁおまえがその力を悪用するとは誰も思ってねぇからさ。兄貴たちが危惧してるのは、おまえが誰かに狙われたり利用されたりやしないかってことだよな」

さらりと私のことを信用していると言ってくれたリックに苦笑しながら、狙われる可能性については考えていたことだと伝える。

でも、それについては陛下が必ず守ってくれると以前約束してくれたし、昨日もう一度同じことを言ってくれた。

『おそらく、騎士共や料理人たちもおまえの決心を知れば、今まで以上におまえを守ってくれるだろう。あれだけの人間の心を掴むその術をご教授いただきたいくらいだ』

冗談交じりの陛下の言葉に、私の心はとても軽くなった。その分、私もこの人たちのためになにかできたらいいのにって思ったくらい。

「ま、俺も応援してるからさ。おまえの料理、好きだし」

「……ありがと、リック」

ほんのりと頬を染めるリックの気持ちが嬉しくて、笑みが零れる。

「僕だって！　いやいや、むしろ僕がいっちばんヴィオラの料理が大好きだし、応援してるよ！」

「そうよね、ありがとう、ヴァル」

リックに負けじと主張してくるヴァルにもお礼を言う。

「……なに言ってんのか俺には分かんねぇけど、なんか対抗されてる気がするな」

雰囲気でヴァルの言葉を理解しているリックが面白くて、また笑う。

そうだ、私は、私なりに頑張ろうと決めたことを頑張っていくだけ。

たとえこの先に心配なことがあったとしても。不安のない人生なんて、ないのだから。

自然と背筋が伸びて、目の前が明るくなった気がした。

「今日のご飯もみんな喜んでくれるかしら」

「そりゃ喜ぶに決まってるさ。聖獣たち、おまえの料理なんでも好きだろ絶対。美味い上に成長まで促してくれるんだから、喜ばないわけないだろ。ほら、早くも集まってきた」

庭園に着くと、私たちの姿を見た赤ちゃん聖獣たちがきらきらと目を輝かせて駆け寄ってきた。その体は、最初よりもひと回りくらい大きくなった気がする。

「成長促進の効果が必要なのは幼獣だけのはずなんだが、いつまでも親獣が一緒に食ってるしよ」

「それだけ気に入ってくれてるってことかしら？　ふふ、嬉しいことだわ」

「僕の！　僕の分もちゃんと取っておいてよ⁉」

ぶつぶつ言うリックと一緒に、聖獣たちが食べやすいように料理を芝生の上に置いていく。

するとすぐに聖獣たちはためらいなく料理を口にしていく。

そんなふうに親子で寄り添いながら美味しそうに食べてくれる姿を、腰を落として目を細め見守る。

「みんな、元気に、大きくなってね」

この子たちも、ヴァルみたいに誰かの契約獣になる日がくるのかな。

「君たちもいつか、素敵な契約者さんと出会えるといいね」

こんなふうに思えるまでうじうじしてしまって、ヴァルには悪いことしちゃったなぁという思いで呟くと、一羽の赤ちゃん不死鳥がふわりと羽ばたき私の肩に乗り、鼻先をその翼でそっと撫でた。

ん?と首を傾げると、ヴァルがものすごく嫌そうな顔をした。

「ダメ!　ダメだよ!」

「ど、どうしたのヴァル」

すると赤ちゃん白虎がとてとてとやって来て、「きゅぅーん」と甘えた声を上げながら私の膝にすりすりと頬を寄せた。

「あっ!　こら!　だから、ダメだって言ってるじゃん!」

「な、なに?　この子たち、どうしちゃったの?」

その後も次々と赤ちゃん聖獣たちが私の周りに集まって甘えるような仕草を見せ、ヴァルがそれに吠えた。

なんのことやらさっぱりな私が戸惑っていると、ひょっとして……とリックが口を開いた。

「そいつら、おまえと契約したいとか言ってるんじゃねぇ?」

「ええっ!?　そ、そんなわけ……」

ぱっとヴァルを見ると、すごく不満げな表情をしている。そして親獣の方を見ると、うんうんと頷きを返された。う、嘘でしょ……？

「……ちょっと、私ひとりの手には余るので、それは遠慮したいかな、なーんて……」

断ろうとしたら幼獣たちがぴーぴーわーわー鳴き叫びだした。そ、そんなこと言われても。

「ほら、ヴィオラは無理だって言ってるじゃん！　おとなしく他の契約者見つけなよ！」

牽制（けんせい）を続けるヴァルと、なかなか諦めない赤ちゃん聖獣たち。

「なんなら俺なんてどうだ？　いつでもウエルカムだぞ？」

空気を読んでいるのか読んでいないのか、そう冗談めかして言うリックに赤ちゃん聖獣たちはぷいっとそっぽを向いた。そして親獣たちも、ぷるぷると首を振るではないか。

「なんでだよ！　俺だって毎日おまえたちのメシをせっせと運んでやってるじゃんよ!?」

そう叫ぶリックのおかげで、なんとかその場は聖獣たちに諦めてもらうことができたのだった。

聖獣たちのご飯を終えた私たちは、元来た道をワゴンを押しながら歩いていた。

「くそ、あいつら……。俺のどこが不満だってんだよ」

「あはは……」

あの後も聖獣たちに振られ続けたリックはご立腹の様子だ。冗談で言ったこととはいえ、あそこまできっぱりと拒否されるとさすがにちょっと落ち込むよね。

そんなリックを励ましながら歩いていると、騎士団の棟に入ったところで昨日出会ったばかりの人の姿が見えた。

「おや。ヴィオラ嬢だっけ？」

「あ……。おうじ、さま」

そう、向こう側から歩いてきたのは、シンドラー王国の第三王子だと紹介された、ノア王子だった。

驚いてつい答えてしまったが、人見知りの設定だということを思い出し、とりあえず端に寄って頭を下げる。

「ああ、そういうのはいらないよ。もう一度会いたいなぁと思っていたから、ちょうどよかった。君の料理、また食べさせてくれないかな？　とっても美味しかったから」

どうしよう、美味しいと言ってくれたことは嬉しいのだが、なんと答えるべきだろう？　力を隠すことをやめようと決心はしたものの、いきなり国外の、それも王子にひけらかすのはどうかと思う。ここは身内から少しずつ……というのが定石だろう。

だらだらと内心で冷や汗をかきながら返答に困っていると、王子は頭を下げたままの私の前に立った。

「ヴィオラ嬢？　とりあえず顔を上げてくれないかい？」

その声に、返事がないことへの怒りは見られない。むしろ気を楽にしてほしいという感じだ。

どうしたものかと思いながら、恐る恐る顔を上げていく。

「わ、私は、貴族ではないので、〝嬢〟はいらないですよ？」

この前はちゃん呼びだったのにと、とりあえずそこを否定しておく。カレンさんたちに様付けで呼ばれるのも違和感ありまくりなのに、〝ヴィオラ嬢〟だなんてむず痒くてたまらない。

「……ふぅん？　では、ヴィオラと呼んでもいいのかな？」

なんてことだ、呼び捨てで呼ばれて親しげな感じになってしまった。自分で言っておきながらなんだけど、拒否したことを後悔した。

「それでね？　ヴィオラにぜひもう一度料理を作ってもらいたいんだけど？」

「ええと、その。私は、陛下の専属料理人なので、陛下に聞かないと……」

「ええ？　いいじゃないか別に。ほら、昨日みたいにシルの夜食を作った時のついででもかまわないから、ね？」

し、しつこい！　この人、明るくて人懐っこい印象だけれど、自分の我や希望を押し通そうとするタイプ!?

陛下のことを愛称で呼んでいるし、親しくないわけではないのだろうけれど、だからって気を許していい相手とも限らないよね。まずい、私じゃ断りきれない。

ええと、その……を言い続け、話が通じないふりをしてなんとか諦めさせようとしていると、王子の護衛だろうか、ひとりの男性がため息をついて王子を止めに入った。

「殿下、困っておりますよ」

「知っているさ。けれどね、おまえも一度食べたら僕のこの気持ちが分かるはずだ。それくらい、彼女の作るものは美味いんだ」

そ、そんなにべた褒めされるほどの料理じゃなかったんですけど……。

心の中で王子をたしなめてくれる男性の応援をしていると、隣のリックが肘でツンツンと私をつついてきた。

「な、おまえシンドラー王国の王子とも知り合いなのかよ!?」

「知り合いというか……。昨日、たまたま会っただけで……」

小声でそんなやり取りをしていると、護衛の男性と目が合ってしまった。

グレーの髪にアイスブルーの瞳。いかにも知性派という感じの護衛さんだ。

「……お仕事中、主人が失礼いたしました」

「あ、いえ。こちらこそ……」

深々と頭を下げる護衛さんに、私もぺこりと頭を下げる。

よかった、この人常識人だ。天真爛漫な王子様のお目付け役って感じ?

「ちょっとレナルド！　僕がわがまま言ってるみたいな言い方やめてくれるかい!?」

いや、わがままなんじゃないかな。そう内心で思いながらも、レナルドと呼ばれた護衛さんがたしなめてくれているうちにさっさと退散してしまった方がいいだろう。

そう思いワゴンを押した、その時。

「やっと見つけた！　くそ、ノアてめぇ！　なんでこんなとこにいるんだよ！」

「ガイ？　どうしたんだい、そんなに慌てて」

突然のガイさんの緊迫した叫び声で、一瞬で空気が変わる。

「緊急招集がかかった。悪ぃが力を貸してほしい」

ガイさんの言葉に、ノア王子の表情も鋭いものに変わる。

「魔物でも出没したかい？」

「さすが、察しがいいな。ああ、しかも街中にだ。尋常じゃねぇ被害が出る可能性がある」

街中に、魔物。ドクンと胸が大きく音を立てた。

思い出すのは、森に置き去りにされた時に狼型の魔物に襲われた時のこと。生き延びるために、一か八か魔法を使おうと思ったその時、ヘスティアに助けられた。

ものすごく怖かった。強がっていたけれど、足が震えてすくんでしまっていた。

「なるほどね。同盟国であり、多大な恩のある君たちからの要請だ。もちろん助力させてもらうよ。レナルド、用意を」

「はっ」

「あ。ごめんねヴィオラ。料理を作ってほしいって話は、また今度」

去り際にそんなことを言ってノア王子はレナルドさんを率いて足早に去っていった。

「悪い、ヴィオラ。片付け、頼んだ」

リックもそう言って騎士の派遣準備へと急いで行ってしまった。

残された私は、ワゴンを押しながら俯く。

街中に魔物の出没、尋常じゃない被害が出る可能性があるって言っていたけれど、同盟国とはいえ、国外の王族であるノア王子にも協力してもらうほどってことは、ずいぶん大規模なものなのではないだろうか。

ガイさん、リック、それに騎士のみんなは大丈夫なのだろうか。

魔物討伐といわれてもさっぱり具体的なイメージの湧かない私は、ぐるぐると考え込んでしまう。

「あの王子、結構な魔術師みたいだね」

「わっ！　ヴァル⁉　あれ、いつの間に……？」

そういえば一緒に歩いていたはずなのに、いつからか姿を消してしまっていた。

「あの王子が来たから、隠れてたの。聖獣がいるって気づかれない方がいいでしょ？」

そう言われてみればそうだ、さすがヴァル。そんなことちっとも頭になかった私は、ヴァルの咄嗟の判断に舌を巻いた。

「僕、覚醒してから人間の魔力に敏感になったから分かるんだ。相当な魔法の使い手だよ。あの王子に頼るのも納得」

「でも、それくらい大変な事態ってこと、だよね？」

「だろうね。あの騎士団長の感じからすると、大量発生(スタンピード)とか上級の魔物が複数発生した感じかな？　僕のお母さんも後で契約者の国王と一緒に、魔物が発生した街に行くみたい」

ヴァルの言葉は、だんだん私を不安にしていく。

きっとガイさんは私に気を使ってそれほど直接的な言葉を使わなかったのだろう。心配をかけまいというその気持ちは嬉しいけれど。

「……ね、尋常じゃない被害が出るかもって、どんな感じかな」

「うーん、魔物に襲われて怪我をしたり重傷を負ったり、下手したら命を落とす人もいるかもしれないね。あとは建物や家が壊れたり、焼かれたり。人間は住む家がなくなったら困るんでしょ？　それと、食べるものにも困るだろうね。あとは重要なものが壊されたりもあるかな？　魔物が街に出没して出る被害っていえば、こんな感じが多いよ」

先程の分析といい、思っていた以上にヴァルが詳しく被害について教えてくれたことに、少しだけ驚く。聖獣とはいえまだ子どもだから……と侮ってはいけなかったみたい。

よく考えれば分かるような内容かもしれないが、実際にそれが起こっていると考えると、とても恐ろしい。

〝命を落とす〟

その時がいつ来るかなんて誰にも分からないことではあるけれど、予期せぬ最期は、大切な人たちと別れを惜しむこともできない。

あんな無念な思い、できることなら誰にも味わわせたくない。

「ヴィオラ？　どうしたの、急に黙っちゃって」

ヴァルの呼びかけに、はっと我に返る。

「ごめん、なんでもないわ。想像したら、怖くなっちゃって。……ねえ、私たちになにかできること、ないかな？」

せめて、私のような思いをする人が少しでも減るように。

「……正直、戦闘は無理だと思う。僕が覚醒したことで、料理以外でも魔法が使えるようにはなったみたいだけど……。攻撃魔法を使ったこともない、魔物との戦闘を経験したこともない人間が活躍できるほど、魔物討伐は甘くないよ」

ガツンと言われてしまったが、ヴァルの言ったことは正論だ。むしろ右も左も分からない小娘が行ったところで、邪魔にしかならないだろう。

自分が誰かを助けられるんじゃないかって考えは、ただの驕(おご)りだ。それをまざまざと突きつけられたようで、しゅんと肩を落とす。

「ごめん、キツいこと言った」

落ち込んだように見えたのだろう、ヴァルが遠慮がちに体を擦り寄せてきた。

「ううん。言いにくいことをちゃんと言ってくれて、ありがとう」

そんなヴァルをひょいと抱き上げて、ぎゅっと抱きしめる。

ふわふわで温かい体に頬を寄せて眉をひそめる。

こんな時なのに、私は無力だ。それが、悲しい。自分が嫌になる。

おかしいよね、少し前まではチートな能力なんて隠したい、平穏に過ごしたい、そう思っていたのに。力になれないことが、こんなに悔しいんだから。

目に涙が滲むのを感じていると、ヴァルが体をよじって顔を出した。

「ね、ヴィオラ。ヴィオラって、異世界での、前世の記憶があるんでしょ？」

どうして急にそんなことを言うのだろう。そう不思議に思いつつも頷くと、じゃあさ！とヴァルが声を上げた。

「異世界での知識を生かして、戦闘以外で役に立てそうなこと、思いつかない？　ヴィオラのその、みんなの助けになりたいって気持ち、僕は大切なことだと思うからさ！」

ヴァルの前向きな姿に、私は目を見開く。私の気持ちを認めてくれて、一緒になんとかしようというヴァルの言葉が、とても嬉しい。

「異世界の、知識……」

知識と言われても……と一瞬思ったが、よく考えてみると被害の状況は前世での災害の状況に似ている。

日本では様々な自然災害が起きていたけれど、どんな対応をしていたっけ。

前世の記憶をたどり、遠い昔に見聞きしたことを思い出していく。

「……そうだ、これなら」

私にも、ううん、みんなに協力を仰げばできそうなことがたくさんある。

「ねえヴァル、いくつか思いついたんだけど、聞いてくれる？　もしかしたらできないこともあるかもしれないけど……」

前世の災害対応を真似てできそうだと思ったことを、口早にヴァルに伝えていく。

この世界では災害に対してどう対応しているのか、私は知らない。そんなことは不可能だと一蹴されることもあるかもしれない。けれど、やってみる価値があるのではと、言ってもらえたら。

「うん、できそうなことも多いと思うよ！　僕はいいと思う！」

「……そうかな？　みんな、協力してくれるかしら？」

「大丈夫だよ。あ、そうだ。僕も思いついたことがあるから、声かけに行ってみるね。それと、あの国王と秘書官には話通しておいた方がいいんじゃない？」

たしかにそうだ。私たちが良かれと思っても邪魔になることがあるかもしれないし、他の人の協力も必要だ。それにここでお世話になっている以上、許可を得る必要があるだろう。

「ヴァルってすごいわね。かわいいのに賢くて、優しくて、頼りになる」

「そ、そう？　えへへん、僕と契約してよかったでしょ？」

私が褒めたのにちょっぴり照れながらも、胸を反らせて自慢気に振る舞うヴァルが、とても頼もしい。

「うん！　最高のパートナーだわ！　ありがとう、ヴァル！」

落ち込んでいる暇も、悩んでいる暇もない。このチートな能力を隠さないと決心して、みんなの、この国の役に立ちたいと思ったのだから。

「じゃあ僕、ちょっと行ってくる！」

「分かったわ。私は陛下とフィルさんを捜してくる！」

なにか思いついたらしいヴァルと別れて、ワゴンを戻し、急いで陛下の執務室へと向かう。

チートな能力とヴァルのおかげで増した力、それを発揮する時が今じゃないというのなら、一体いつだというのか。

今の私にできる、精いっぱいを。

そう心に誓って、私は駆けた。

チートを発揮するなら、今でしょ！

初秋の穏やかなある日。お昼時、なんの前触れもなく、それは起こった。

「……おい、なんだあれ」

街中を歩く、ひとりの男が空を見上げて、それが迫ってくるのに気づいた。

「ん？　っ！　おい、あれ……」

「な、なんだあの大群は⁉」

遠くの空からこちらに向かってくる黒い点の集まり。虫かなにかだと、最初は思ったかもしれない。

だが、少しずつその形が見えてきて、街の人々は震え上がった。

「ち、違う、虫じゃない。あれは……！」

あれは、魔物の大群だ。

すぐに人々は教会や役場など防御魔法が施された施設に避難した。

駐在兵が急いで周辺の街に伝令を飛ばし、その知らせは通信魔法によってすぐ近くの王都にも伝わった。

王宮のシルヴェスターもその一報を聞き、すぐに移動魔法を使って騎士たちを街に送り込んだ。そして自身も、魔物の襲撃が激化するであろうことを予測して、準備を整えていた。

＊＊＊

「陛下！」

マナー違反だと分かってはいたけれど急がずにはいられなくて、扉の前にいた衛兵の制止も聞かずに陛下の執務室の扉を勢いよく開いた。

「……ヴィオラ、どうした」

現れた陛下の姿を見て、胸がドクンと鳴った。いつも剣を携えてはいるけれど、ここまでピリリとした空気はまとっていない。

陛下も、行くつもりだ。そう確信した。

「ヴィオラ殿、陛下は今……」

すぐそばにいたフィルさんがそう声をかけてきて、はっと我に返った。

「すみません、お忙しいところ。……行かれるのですね？」

「……ああ。要件はなんだ」

いつもと違う。いつもなら、もう少し声が柔らかいのに。

それくらい、状況が深刻だということだろう。

「私もお手伝いさせてください」

「「⁉」」

陛下とフィルさんが息をのんだのが分かった。

「戦いに参加、という意味ではありません。みんなの力を貸していただきながら、私の能力と料理でお手伝いしたいという意味です」

それだけで街の人々への支援という意味だと察してくれたようで、陛下は口元に手を当てて少しだけ考えるような仕草を見せた。

「……分かった。おまえがなにを考えているのかは知らんが、恐らく被害者の心に添うものなのだろう。俺はすぐに出るが、フィルに伝えて実行するといい。ただしフィルが無茶だと判断したことは諦めろ。あまり時間がない。……今、そこに配慮する余裕が俺にはないからな、おまえが考えてくれると助かる」

そう言うと、陛下は最後に少しだけ微笑んでくれた。

どうしてこの人はここまで私の心を汲み取って、信用してくれるのだろう。

「はい、お約束します。お時間取らせてしまってすみません。陛下も、お気をつけて」

だから私も、その信頼に応えられるように、精いっぱいやるだけだ。

胸を張って、笑う。そんな私を見て、陛下は一瞬目を見開き、ふっと笑うとマントを翻した。

「フィル、後は頼んだ」

「はい、お気をつけて」

するると陛下は移動魔法を使ったらしく、ふっと消えてしまった。

「魔物の襲撃については大丈夫ですよ。陛下とガイ、それにノア王子もおりますからね」

「皆さん強いのですね。……それでフィルさん、私にできることについて考えてみたので、聞いてもらえますか？」

頼もしいですねと、どこか楽しそうにフィルさんも笑った。


「ヴィオラ、一番デカい鍋持ってきたぞ！　野菜はこれくらいでいいか⁉」

「はい！　スープは二種類作ります！　具は同じものでいいので、とりあえず切って切って切りまくってください！」

「ご飯、炊けました！」

「パンも大量に成形したぞ～」

フィルさんとの打ち合わせの後、私はすぐに騎士団専属食堂へと向かい、被害のあった街へと運ぶ炊き出しの準備を始めた。

訳を話すと、みんな快く手伝いを受け入れてくれた。

それにしても、さすが普段たくさん食べる騎士たちの食事を用意している料理人たちだ。とても早い。

「ヴィオラ、おにぎりの具はできたか？　できたものから俺たちが握っていくぞ」

最初は力が強すぎておにぎりが石のようになっていた料理長さんも、すっかり程よい力加減を覚えて、綺麗な三角おにぎりを握れるようになった。

「はい！　ありがとうございます、お願いします！」

おにぎりの中に入れる具を用意しながら、魔力を込めていく。体力の回復、精神の安定、とにかく食べた人が元気になりますように。そんな思いを込めて。

具に回復効果がついていれば、おにぎりは誰が握ったっていい。

スープも一緒、煮込みや味付けの工程を私が魔力を込めて行えば、しっかり回復の効果はつく。

ひとりではできる限界があるけれど、みんなと一緒なら。

「騎士たちも疲弊してるだろうからな。あいつら普段からよく食うんだ、戦闘の後はいつもの倍くらい食うんじゃねぇか？」

「そこは市民優先だろ。でも遠慮なく腹いっぱい食べてほしいからな、ありったけの材料で作って持っていってやろうぜ」

被害に遭っている街の人たちと、今この時も魔物と闘っているはずの騎士たちをねぎらうための食事。

前世の記憶をたどり、自分にでも役に立てそうなことは……と考えて思いついたのが、炊き出し。

温かいご飯を食べると元気になれるし、お腹が空いていると余計なことまで考えてしまいがちだ。

だから、温かいご飯を食べて力をつけて、明日への一歩を踏み出す元気を持ってほしい。

食べることは、生きること。生きるために、必要なことだから。

『生きてりゃ色々ある。腹が減ってるから暗いことばっかり考えちまうんだ。でもな、腹が減ってるってことは、生きてるってことだぞ。これ食って、また頑張ろうって立ち上がれ。そんでまた腹が減ったら、ウチの店に食いに来い！』

前世で私が小さい頃、ひとりのお客さんにお父さんがそんな言葉をかけていたことを思い出す。

お父さんの料理がそのお客さんを元気づけて、笑顔で『また来ます！』って帰っていったあの光景がよみがえってきた。

「体を、心を癒やしてくれる、そんな温かい味に仕上がりますように」

そう心を込めて、みんなと一緒にひとつひとつおにぎりを三角に握っていく。

＊　＊　＊

「ちょっと人使い荒いんじゃない？」

「黙れ。ほら、そっちに行ったぞ」

その頃、襲撃に遭った街では、シルヴェスターたちが魔物の掃討に当たっていた。

ノアはシルヴェスターが知る限りで、一番の攻撃魔法の使い手だ。この討伐でも、その実力を余すことなく利用していた。

「はいはい。もうちょっとだからね、最後まで付き合いますよ、と。〝爆裂(エクスプロージョン)〟」

ノアがそう短く詠唱すると、広範囲魔法が発動し、浮かび上がった魔法陣内にいた魔物が咆(ほう)哮(こう)を上げ燃え尽きた。

「おいノア、建物を焼くなよ!?」

「やだなぁガイ、僕がそんなヘマするわけないじゃん」

街の被害を心配するガイに、ノアがけらけらと笑う。

「それにしてもさすが君の部下たちだね。騎士たちの動きがものすごくいい。前王の時代は目も当てられない者も多かったけど、誰かさんが王になってかなり入れ替えがあったみたいだね？」

ねえ？とノアがシルヴェスターを見る。

「無駄口を叩いてないで戦いに集中しろ」

剣で魔物を薙(な)ぎ払い、ヘスティアと連携を取りながら次々と魔物を屠(ほふ)っていくシルヴェスターはそう短く答えた。

実際、前王の時代はひどいものだった。

当時騎士団の隊長だったシルヴェスターは、上層部の膿を疎ましく思っていた。その時の団長・副団長は、共に愚かな前王に媚びへつらうだけの才能しかなかった。

同じく隊長職に就いていていたガイと共に、シルヴェスターはいつも過酷な戦いの中に放り込まれていた。

（まあ、だからここまでの力をつけることができたといえば、そうなのだが）

当時を思い出して、シルヴェスターは小さく息をつく。

隣国・リンデマン王国との戦争で、実力も頭もない当時の騎士団団長と副団長は命を落とした。そして、その稚拙な作戦で犠牲となった者も少なくなかった。

（彼らのことを忘れることはない。だから俺は、王座に就いた時に癌となるものを一掃したんだ）

その時にシュナーベル王国に力を貸したのが、ノアの母国であるシンドラー王国。

他から見れば、残酷だと思われることも幾度となく行ってきた。〝悪魔王陛下〟と揶揄されることも仕方のないことだと割り切って。

不安定な国を立て直すために、まずは騎士たちの統制が不可欠だと、騎士団長に任命したガイと共に、騎士たちには特別厳しくしてきた。

政に関しては、元々そちらの分野で活躍していたローマン家の力を借り、幼馴染みでもあるその嫡男、フィルもシルヴェスターを支えた。

そうして王宮に蔓延っていた膿を取り除き、少しずつ国として立て直されていくのを実感していた時に現れたのが、ヴィオラだ。

よく見れば整っているが強面で無表情、その上不愛想で口下手と三拍子揃ったシルヴェスターのことを、〝悪魔王陛下〟と恐れる者は王宮内にも多かった。

そんなシルヴェスターのことを、ヴィオラは初対面から警戒こそしていたが、恐れることはなかった。

それどころか、その巧みな料理の技術と愛らしい容姿、穏やかな気性で、少しずつシルヴェスターの心と表情を和らげていった。

そしてシルヴェスターだけでなく、気難しいフィル、一見おおらかだが警戒心の強いガイ、強面揃いの騎士団専属食堂の料理人たちをも次々と陥落させていく。

そして最後には、聖獣たちも。

それも無自覚、自然体で。

（あいつのあの心根の素直さに、俺たちは惹かれるのだろう）

大きな力に戸惑うのも無理はない。だからシルヴェスターはヴィオラが無理して公にする必要はないと思ったし、平穏を望むのならばその心を守ってやりたいと思った。

為政者なら、ヴィオラを抱き込んで信用させ、その力を利用するのが正しかったのかもしれない。けれど、シルヴェスターはそうはしたくなかった。

自分の契約獣であるヘスティアの子どもの恩人だからという理由もある。けれどそれ以前に、彼女はたかだか七歳の少女。

それも、親も兄弟もいない、貧しい村で虐げられて生きてきた。年齢のわりにしっかりして見えても、まだこの世の中の道理も分からない子どもで、しかも天涯孤独の身。そんなヴィオラを利用しようとは、どうしても思えなかった。

だから、世間を知って、人々を知って、自分のことを知って、少しずつヴィオラが自身で生き方を、自分の力の使い方を決めればいいと思っていた。

「案外その時が早すぎて驚いてしまったがな」

「は？　おい、なにか言ったか？」

なんでもないとガイに答え、シルヴェスターは剣をふるった。

「ここもそろそろ終わりだな。数は多かったが、一個体で見ればそう大した強さではない」

「まあそうだな」

「もうちょっと強い奴がいるかなと思ったけど、そうでもなかったよね」

そりゃあんたたちにすればなと、周囲の騎士たちは心の中で呟いた。

国一番の剣士とも言われてきた聖獣の契約者に、死と隣り合わせの戦場を幾度も生き抜いてきた騎士団長、そして魔法の先進国であるシンドラー王国指折りの魔術師。三人の登場でみるみる魔物の討伐は進み、一番被害の大きかったこの場を残すのみとなった。

「ガウッ！」

「ヘスティア、助かった。おまえのおかげだな」

最後の一体を屠ったヘスティアを、シルヴェスターは首元を撫でてねぎらった。

闇魔法に特化したヘスティアのおかげで、シルヴェスターは影を利用して移動魔法を使うことができる。短時間でシルヴェスターや物資を被災地に移動できたのは、ヘスティアのおかげだった。

「大方の魔物は討伐できたはずだが、潜んでいる個体がいないか見回るぞ。向かってくる奴は倒し、逃げる奴は放っておけ。被害の状況も確認し、市民にはまだ外に出ないよう声をかけながら行え」

シルヴェスターはすぐに騎士たちに指示を出す。

それに、はっ！と敬礼して応える騎士たちの眼差しからは、以前のような〝悪魔王陛下〟に対する恐れは見られない。

畏怖めいたものは見えるが、恐怖ではない。そこに敬意が見えるから。

その、似て非なるものへと騎士たちの意識が変化したのは、間違いなくヴィオラの影響が強い。

――『陛下って、本当に優しいですよね』

――『見た目だけで人を判断してはいけないと知っていますから』

食堂でのヴィオラの言葉を聞いた騎士が、訓練中にシルヴェスターに指導を願い出たことから、騎士たちとシルヴェスターの距離が近づいた。

たしかに内容は厳しいが、誰にでもしっかりと指導してくれるシルヴェスターが実は面倒見がいいことに、皆気づいたのだ。

ヴィオラとのやり取りで見せる、少しだけ穏やかな表情。気遣いの言葉。

少しずつ、シルヴェスターの印象が変わっていった。

(今回の討伐が早く終わったのは、騎士たちとの関係改善の影響もあるだろう。俺の言葉に耳を傾け、懸命に戦ってくれていたからな)

一見関係のないようなことも存外繋がっているものだと、薄紫の髪の少女の姿を思い出して笑みが零れた。

すると、はぁぁとノアが座り込んだ。

「やっと終わったぁ。悪いけど僕は少し休憩させてもらうよ。魔力を回復させたいからさ」

「ああ、そこの避難所になっている宿屋で少し休ませてもらえ。急に呼び出して悪かったな。だが助かった。ガイ、俺たちは行くぞ」

礼を言うシルヴェスターに、ノアはひらひらと手を振ってその背を見送る。

そしてひとつ、ふうっと息を吐き、胸に手を当てた。そんなノアに、護衛であるレナルドはそっと近づき、その尋常でない量の汗を拭ってやった。

「ノア様。大丈夫ですか？」

「うん、と言いたいところだけど。……さすがに、無理したかも」

どくどくと異常な速さで音を立てる己の鼓動に、ノアはもう一度深く息をつくのだった。

＊　＊　＊

「ヴィオラ様、これくらいでいかがでしょうか」

「ありがとうございます、カレンさん。ミーナさんとソフィアさんも」

「これで揃いましたね。向こうでの戦闘はほぼ終わり、確認作業に入っているとのことですので、ちょうどいい頃合いかと」

「そうですか、よかったです。フィルさんも色々と私の無茶を聞いてくださって、ありがとうございました」

炊き出しの準備を終えた私は、奥の庭園に来ていた。カレンさんをはじめとする侍女数名と、騎士団専用食堂から料理長さん他十数名。フィルさんが選んでくれた彼らと共に、魔物の襲撃に遭った街に向かうために。

そして驚くべきことに、そこにはヴァルが連れてきた聖獣たちの姿もある。

「みんなに事情を説明したら、ぜひヴィオラに協力したいって！　幼獣たちもやる気マンマンだよ！」

「きゅぅーっ！」

「ぐう！　ぐう！」

張りきって返事をする赤ちゃん聖獣たちは、まるで任せておけ！と言っているかのようだ。

今まで隠していた聖獣たちのことが知られてしまうのは少し憚(はばか)られたが、彼らの意志ならいいのかしら？

すでに皆の前に姿を現してしまっているし……。

「こ、こここここんなに聖獣様が勢揃いしているなんて……！　初めて見ました！」

「ミーナ、気持ちは分かるけれど、はしたないわよ」

聖獣たちに興奮するミーナさんをソフィアさんがたしなめる。でも驚くのも仕方ないわよね。料理ののったワゴンの取っ手を持つ料理人さんたちもあんぐりと口を開けているもの。

「ヴィオラ、みんな準備オッケーだって」

もうこうなっちゃったら仕方がない、よね。

「ありがとう、ヴァル。聖獣のみんなも、力を貸してくれて、ありがとう」

私は考えるのを諦めて頭を下げると、聖獣の親子たちはきゅーきゅー！と返事をしてくれた。

突然ヴァルと共に現れた時はびっくりしたが、聖獣たちも協力してくれると聞いて、すごく嬉しかった。ひと回り大きくなった幼獣たちも、なんだか頼もしく見える。

「ヴィオラのお願いなら、お安い御用だよってさ。料理や物資の運搬と、人間の移動にも協力してくれるって言ってるから、遠慮なく乗ってよ」

ヴァルがそう言うと、料理ののったワゴンやカレンさんたちが用意してくれたたくさんの毛布やタオルがふわりと浮いた。

「すごい……！」

「そこの不死鳥の風魔法の力だってさ。鍋の中身も零さないようにするから心配するなって」

なんと、不死鳥さん仕事ができる人……じゃない、鳥さんですね！

「ついて行く人間はこっちに集まって。大人の聖獣たちの背中に乗っていくから」

「あ、えと。皆さん、こちらにどうぞと言っています。大人の聖獣が背に乗せてくれるそうです」

ヴァルの言葉を翻訳すると、みんなは驚きつつも聖獣たちに近づいた。

「ほ、本当に乗ってもいいんですかね!?　わわっ、毛並み、最高……‼」

ミーナさん、そのわくわくしちゃう気持ち、分かります。

さて私も……とグリフォンにお願いしようかと近づいた時、カレンさんに呼び止められた。

「お待ちください。肌寒い季節となりましたし、聖獣に乗って飛ぶと寒いでしょうから、こちらを」

　そうして差し出されたものを見て、私は目を見開いた。

「私の、おくるみ……？」

「はい。上質な布でしたので、少し加工してケープにしました」

　森に捨てられていた時にくるまれていた、刺繍入りのおくるみ。洗濯してくれるって言われてそのままだったけど、ケープにしてくれたんだ。

「……ありがとうございます」

　ふわりとカレンさんが私に着せてくれると、柔らかな感触の布が私の頬をくすぐった。

「とてもお似合いです。それではヴィオラ様、まいりましょう」

　にっこりと満足げに微笑むカレンさんと共に、グリフォンの背に乗る。

　僕がもっと大きかったらヴィオラを乗せられたのに……と腕の中でヴァルが唸った。それにくすくすと笑うと、フィルさんが近づいてきた。

「ヴィオラ殿、我が国の民を、どうかよろしくお願いいたします」

「はい。精いっぱい、できることをやってきます」

　できることがあるのなら、心を砕いて、ただ懸命にやるだけ。少なくとも回復効果のある料理は、役に立つはずだから。

「いってきます！」

私の声に応えるように、グリフォンが羽ばたく。それを合図に、他の聖獣たちも一斉に動き出した。幼獣たちもそれに懸命についてくる。

王都から少しだけ離れた、東にある森の近くの街。そこを目指して、私たちは出発した。


「……思っていた以上に、ひどいですね」

体感で三十分程度だろうか、素晴らしい早さで私たちは被害に遭った街へ到着した。

しかしその倒壊した建物や荒れた街並みを見て、思わずミーナさんからそんな呟きが落ちた。

「まだマシな方だ。陛下たちが迅速に対応したからだろう」

被害状況を目の当たりにして尻込みする私たちに、料理長さんがそう言った。

「そうだな。完全に倒れてる建物も少ないし、大量の魔物の襲撃に遭ったわりには大したことはない。復興までそう時間はかからんさ」

他の料理人さんたちからもそんな声が上がる。

「今いるメンバー、実は俺たちは騎士団に勤めていたことがある。まあ怪我やなんやで今はこうして料理人をやっているわけだが。だから、もっと悲惨な光景も見てきている」

料理長さんの言葉に、他の料理人さんがうんうんと頷いた。

「そう、だったんですね」

だからこんなに落ち着いているのか。フィルさんが彼らの同行を許可したのも、経験があるからという理由があったのかもしれない。

戸惑ったり尻込んだりして上手く動けないと、かえって邪魔になる可能性もあるものね。

でも……。

「あの、でも、街の人たちの前ではあまり〝大したことない〟って言わない方がいいかもしれません。ミーナさんも驚くほど、実際に建物は壊れて街はひどいことになっているので……」

そんな私の呟きに、みんなは目を丸くした。

言ってしまってから、もっと言葉を選べばよかったかなと焦る。もちろん料理人さんに悪気はないし、他と比較したら被害が少ないのは本当なのだろうから、否定するような言い方はいけなかったかもしれない。

しまった、空気を悪くしてしまったと俯く。

その時、ゴン！と鈍い音が響いた。

「ヴィオラの言う通りだな。おい、よく考えずに発言するのは控えろ！」

「いってぇえ！　わ、分かってますよ！　たしかに失言でした、気をつけます！」

なんと料理長さんが〝大したことない〟と発言した料理人さんの頭をゲンコツで叩いた音だったらしい。

「……その通りです。ヴィオラ様、市民のことを考えてくださって、ありがとうございます」

「私たちは元気づけに来たのですものね。こちらが暗い顔をしたり、傷つけるようなことのないよう、気をつけないといけませんね」

カレンさんとソフィアさんがそう言ってくれたおかげで、いつもの空気に戻った。

「そうですよね！　聖獣様も助けてくださっているんですし、私たちもお荷物にならないよう、ちゃんと働きます！」

元気なミーナさんの声で、さらに場が明るくなる。

「……はい！　皆さん、頑張りましょう！」

まずは陛下たちと合流して安全を確認、それから炊き出しの準備と毛布やタオルの配布だ。

「ヴァル、ヘスティアがどこにいるか、分かる？」

「うん！　こっち！　ついてきて！」

案内してくれるヴァルの後をみんなでついていく。街は荒らされているけれど、もう魔物の姿は見当たらない。陛下と別れてそれほど時間が経っていないはずだけど……。

この短時間で収束させるなんてすごいなと、料理人さんたちからも声が上がる。

陛下とヘスティア、それにガイさんやノア王子も、本当に強いのね。

みんな無事かしらと心配になりながら歩いていくと、ヘスティアの姿が見えた。そのそばには陛下の姿もある。

「ああ、来てくれたか」

「お待たせしました」

見た感じ、陛下もヘスティアも大きな怪我はしていない。取り乱した様子もないし、だいたいの安全も確保できたのかもしれない。

陛下に状況の説明を聞くと、予想通り討伐は無事に終わり、見回りもしたが街中に逃れた魔物の姿はなかったという。

「魔物除けの薬草袋も街の至る所に置いてきた。新たな魔物の侵入はないだろうから、安心して準備してくれ。市民には念のため避難所から出ないように伝えているから、準備ができ次第、彼らに声をかけよう」

私が用意してきたものについて、陛下は通信魔法でフィルさんから聞いていたらしく、場所も用意してくれていた。少し開けた広場、そこに鍋などを置く机まである。

「ヴィオラ、夕方にかけて寒くなってくるから、温かくしてあげるって不死鳥が言ってるよ」

「え、ヴァル、本当？　ありがとうございます、不死鳥さん！」

お礼を言って不死鳥の赤ちゃんを撫でると、親子で嬉しそうに鳴いて広場周囲の温度を魔法で上げてくれた。

「……ね、今度は白虎が机と椅子を作ってやるって」

「え？　机と椅子って……そりゃあると助かるけど、どうやって……」

首を傾げると、白虎のお父さんが土魔法で机と椅子をたくさん広場に出してくれた。

「す、すごい！　これならここで皆さん料理が食べられますね！　不死鳥さんのおかげで温かいし、喜ばれますよ！」

すごいすごいと褒めれば、白虎の親子は自慢げに胸を反らせた。

すると、ぐぬぬ……と悔しそうな表情のペガサス親子が風魔法を使った。

「な、なに……？　あ、瓦礫が綺麗になってる。そうか、お掃除してくれたんですね」

荒れた街並みの中だと、気持ちも滅入っちゃうもんね。

なんて聖獣って気がきくんだ……‼

「みんな、本当にありがとうございます！　さあ、張りきって準備を始めましょう！」

私はとっても有能な聖獣たちを褒めちぎって、意気揚々と炊き出しの用意を始めたのだった。

＊　＊　＊

「……おい、あの聖獣ども、ヴィオラと契約でもしてんのか？」

「いえ、そんな話は聞いておりませんけれど……。ふふっ、ですがヴィオラ様に褒められようと聖獣たちがあれやこれやと力を使う姿は、なんだか微笑ましいですね」

「ヴィオラ様って、聖獣使いのスキルでも持ってるんですかね？」

「あらあら。私たちも聖獣様に負けないように、しっかり働かねばなりませんねぇ」

ヴィオラに褒められようと競うように魔法を使っていく聖獣の姿に、料理長、カレン、ミーナとソフィアはこそこそとそんな会話をしていた。

どうやらくるくるとよく働く少女に魅了されたのは、自分たちだけではなかったのだなと笑みを零して。

「さて、我々も始めましょうか」

そして四人は、それぞれの持ち場へと向かったのだった。


街の人々が避難所にこもり、約半日が経った頃、避難所の外から声がした。魔物の討伐に王宮から来てくれた騎士たちだ。

「おおい、大丈夫か？　魔物は陛下たちが倒してくれたから、もう外に出てもいいぞ」

どうやらもう安全らしいと、避難していた人々はようやくほっと肩の力を抜いた。

駐在兵がすぐに避難指示を出してくれ、王宮への助力要請も速やかに行ってくれたおかげだと、安堵の声が上がる。

しかし、外がどうなっているのか、人々は皆、見るのを怖がっていた。

避難中は外で大きな音が何度もしていた。おそらく建物が倒壊した音も。燃えたものも、潰されたものもたくさんあるかもしれないと、誰もが思っていた。

命が助かっただけでもありがたいとは思うが、それでもやはり今後の生活の心配は大きい――それがみんなの本音だった。

この扉の向こうには、現実が待っている。どれだけ絶望し、悲観しなければいけないのだろう。

今日の食べ物は？

寝る場所は？

子どもたちは、これからどうなるのだろう。

そんな大きな不安の中、ひとりの若者が恐る恐る扉のノブを握る。

そうしてそっと開いた扉の向こうに人々が見たものは——。

「おっ、やっと出てきたな。あっちの広場の方で食べ物と毛布やタオルの配布をしているから、そっちに行くといいぞ」

「ヴィオラとウチの料理人の作ったメシは美味いからな！　きっと元気が出るぞ」

「ほら、子どもたちもたくさん食べろよ！」

夕方のひんやりとした空気が肌を撫でたが、思っていたよりも荒れていない街並みと、晴れ晴れとした表情の騎士たちの姿。

一体どういうことなのだろうと戸惑いつつも、人々は言われた通りに広場へと向かった。それぞれが、とりあえず今夜の夕食はありつけそうだと思いながら歩いていくと、なぜか少しだけ空気が温かくなってきたのに気づく。

その先、広場の中央には大きな鍋やワゴンが見え、温かそうな湯気が立ち上っていた。

「あ、皆さんこちらです！　温かいご飯、用意してありますよ！　おにぎりにスープ、おみそ汁、から揚げにサンドイッチ、お好きなものを好きなだけ持っていってくださいね！」

その中心にいたのは、淡い紫の髪をなびかせて見たことのない料理を配る、ひとりの幼い少女だった。

驚くのはそれだけではない。魔物との戦いで相当荒れているはずのこの場には、見覚えのない机や椅子が所狭しと並んでいた。

まるで野外食堂に来たかのような光景に、人々は揃ってぽかんと口を開けたのだった。

＊＊＊

「美味い！　ひと仕事した後のメシは特別美味い！」

「……少しは遠慮しろ、ガイ」

「おつかれさまでした。皆さん、無事でよかったです」

あらかた街の人に食事を配り終え、騎士たちや陛下も聖獣の作った机と椅子で食事をしてもらっている。リックは今見回り中だということなので、後でたくさんねぎらってあげよう。

聖獣たちの仕事のおかげでそこまで絶望感はないみたいで、街の人たちからも笑顔が見られる。

死者もひとりもいなかったんだって。こんなこと、なかなかないってガイさんも驚いていた。

家族や友人たちがみんな無事で、ほっとしたよね。

食事を楽しむみんなの姿を見ながら、食事を配っていた時のことを思い出す。

温かいスープを渡した時に、『あったかい。私たち、ちゃんと生きてるのね』って言ったおばあちゃんの言葉が耳に残っている。

おにぎりをひと口食べて、『初めて食べたのに、ほっとする味ね』って言ってくれた幼い子のお母さん。

から揚げをひとかじりして、『なんか力が湧いてきたよ。ありがとうな、お嬢ちゃん』って言ってくれたおじさんもいた。

食べることは、生きること――本当にそうだね、お父さん。

「……見慣れないものを着ているな。よく似合ってる」

「え？　ありがとうございます。そうなんです、元々は私が赤ちゃんの時のおくるみだったんですけど、カレンさんがケープにしてくれたんです……」

思いがけない陛下からの言葉に驚きながらそう答えると、そのカレンさんが珍しく急いだ様子でこちらにやって来た。

「すみません、ヴィオラ様。少し手伝ってはいただけませんか？」

カレンさんは怪我人の手当ての仕事に当たっていたはず。ヴァルのおかげで私も一応回復魔法が使えるようになったらしいことを事前に話していたので、こうして呼びに来てくれたのだろう。

「あ、はいっ！　お話の途中ですみません、行ってきますね」

ぺこりと下げた頭を上げると、陛下がため息をついて立ち上がった。

「……幼い子どもに働かせておいて俺たちが休むのはおかしな話だな」

「は⁉　おい、まさか……」

「行くぞ。市民も己の家や所有物が気がかりだろう。建物に入る時は足元や頭上に十分気をつけて、怪我をしないよう、注意喚起して回るぞ」

マントを翻す陛下の後を、嘘だろー⁉と言いながらガイさんもついていく。真面目な陛下にくすっと笑って、カレンさんと共に怪我人の待つ避難所へと向かった。


「あ、待ってたよ、ヴィオラ！」

「ヴァル？　あなた、治療の手伝いをしていたの？」

「まあね。僕、一応聖属性に特化してるから！」

そうだった、私の回復魔法の効果だってヴァルのおかげで増大したって話だものね。

「それよりほら、そこの騎士見習いを治してやろうよ。覚醒したとはいえ、僕だけの力じゃ完治は難しくて。ヴィオラにならできるはずだから」

ヴァルが顎で指した方を見ると、なんとそこにはリックがうつ伏せで横たわっていた。そしてその背中には、ひどい裂傷が。

「運悪く、建物が崩れてきてさ……」

「お、おにいちゃんごめんなさい……。わ、私が勝手に取りに入ったせいで……」

そのそばにはぬいぐるみを抱きしめる、私より少しだけ幼い女の子がいた。亡くなったおばあちゃんからの贈り物で大切なものだという。

そうか、ぬいぐるみを捜そうと家に入った時に建物が崩れてきて、リックに助けられたのね。

「大丈夫よ、このお兄ちゃんは騎士だから！　怪我だって、私がすぐに治しちゃうからね」

女の子を励まそうと、明るく笑ってそう伝える。

リックも笑ってはいるけれど、その顔色は悪い。出血がひどいみたいだし、早く治してあげないと。

「ええと、ヴァル？」

「うん、大丈夫。〝治療（ヒール）〟って、唱えてみて？」

それにこくんと頷き、両手を組んで目を瞑る。

「〝治療（ヒール）〟」

傷が治りますように。血が止まって、皮膚も綺麗に戻りますように。そう祈りを込めて唱える。

組んだ手の中にぽおっと温かい光を感じて目を開けると、リックの背中はすっかり綺麗になっていた。

「うお、すげぇな。結構深い傷だったのに、全然痛くねぇや」

「よ、よかったあぁぁ！」

むくりと起き上がるリックに、女の子は泣いて抱きついた。その様子を見てカレンさんとふたり、よかった……とほっと息をつく。

「ありがとうございました、ヴィオラ様。ヴァル様にヴィオラ様を呼んだ方が早いと言われましたので」

「いえ、よかったです。……あれ？　えっ、ヴァルに言われた……？」

聖獣の言葉が分かるのは、契約者だけのはずなのに……？

「ふふ。私も少々特殊なスキルを持っておりまして、聖獣を含め、生き物の言葉はどのような言語でも聞き取れるのです」

にっこりと笑うカレンさんに、たらりと冷や汗を流す。そ、それって色々なアレコレも聞かれてた、ってこと？

「ここだけの話、スパイ活動も得意としております。動物を味方にできると便利ですよ？」

綺麗な微笑みが、逆に怖い。カレンさんだけは敵に回したくない。うん、気をつけよう。

「それにしても見事だねヴィオラ！　僕とヴィオラがそれぞれ鍛錬すれば、もっとすごい回復魔法が使えるようになると思うよ！　ほら僕もヴィオラもまだ子どもだし。まだまだ伸びしろがあるよね！」

いや、あれだけひどい傷を綺麗に治せたんだから、十分すごいと思うんだけど。ちなみにどれくらいのことができるようになるのかしらと、怖いもの見たさでヴァルに聞いてみる。

「うーん、切断された腕を生やすくらいはできるだろうね！」

怖っ！　腕を生やすって言い方！　逆に怖いよ！

「まあ。ヴィオラ様の今後が楽しみですわね」

びくっ！と肩が跳ねた。カレンさんにまで聞かれてしまった。この方の前でヴァルと不用意な話をするのは控えないといけないなと、心に刻む。

「ええと、重傷の人たち、他にいますか？」

「他の怪我人は僕とお姉さんたちとで手当てしたから、大丈夫だよ。ほら、みんなご飯食べてるでしょ？　ここはもう落ち着いたから、僕たちも炊き出し場に行こう？　お腹すいちゃったよー！」

どうやらリック以外は軽傷だったらしく、手当てを受けてみんなここで食事をとっている。ミーナさんとソフィアさんが運んでみんなに配っていた。

「あったまるねぇ。怪我をした時はどうなることかと思ったけど、国王陛下たちが助けに来てくださって助かったよ」

「本当になぁ。〝悪魔王陛下〟なんて噂もあったが、民思いのいい方じゃないか」

「噂は当てにならんな。それにしても美味い料理だ。元気が出てくる」

おにぎりやスープを頬張る負傷した方たちのそんな声が聞こえてきて、自然と頬が緩む。

「ヴァル、私たちもご飯食べに行こうか」

「うん！　ヴィオラのカラアゲ、楽しみー！」

温かい空気に包まれた避難所を出て、炊き出し場に戻る。

するとその近くで聖獣たちが街の子どもたちと遊んでいるのが見えてきた。

「せいじゅうさま、ふわふわー！」

「あかちゃん、かわいい！　きゃあっ！　もっ、くすぐったいよぉ」

「みてみて、ぼくぺがさすにのれたよー！　かっこいいだろー！」

そしてそんな子どもたちの笑い声に、親らしき街の人たちが微笑ましそうにその姿を見守っていた。

「みんな上手くやってるみたいだね」

「うん。ヴァルがお願いしてくれたおかげだね、ありがとう」

傷の手当ても終わったし、次はなにをすればいいかなと考えた結果、街に着いた時に私はヴァルにお願いしていたのだった。

アニマルセラピー、そんな言葉を思い出したのだ。動物たちとの触れ合いを通して、ストレスの解消や意欲向上などの効果を期待するものだ。

心の状態は、ものすごく体に影響を及ぼす。だからまずは、人々の心を癒やし元気づけることが大切だと思ったのだ。以前聖獣カフェなんてものもアリだなぁと思ったが、まさかここで実現することになるとは。

「よかったな。怖い思いはしたが、みんな命は助かったんだ。子どもたちのためにも、頑張らないとな」

「ええ。せっかく皆さんが助けに来てくださったんですもの。私たちがいつまでも俯いていてはいけないわよね」

夫婦のそんな会話が聞こえてきた。

みんなが一緒に頑張ろうって思ってくれている。それを感じて、私は自分のできることを精いっぱいやるしかないと、改めて思った。

私たちは助けに来た立場のはずだけれど、かえってみんなに励ましてもらったような、そんな気分だ。

「あ、さっき聖獣たちが自分たちも建物の再建とか手伝うって言ってたよ。赤ちゃんたちもヴィオラのご飯のおかげでかなり丈夫になったし、手伝う気マンマンだって」

「本当？　すごく助かるわ。それじゃあ聖獣たちにもたくさんご馳走しなきゃね」

「その前に僕のごはん！　僕だってめちゃくちゃ頑張ったんだからね！」

たしかに今回あちこち走り回って頑張ってくれたヴァルがいなかったら、こんなに上手くいかなかったはず。

「そうね。ヴァルがいてくれてよかった。ありがとう」

そう微笑んで、私も食事中の騎士たちの輪の中に入る。どうやら街の人たちとも仲良くなったようで、笑顔で会話を楽しんでいる。

「お、ヴィオラちゃん、今からメシかい？」

「はい。皆さんおつかれさまでした」

「いやいや遠征先でこんな美味いメシが食えると思ってなかったよ。元気モリモリ、明日からの復興作業への意欲も高まるってもんだよな！」

わははと盛り上がる皆さん、お酒は入ってないはずなんだけど……？

「言わせておけ。あいつらのあの能天気さも、計画の内だ。街の奴らも、なんとかなるかもなって気持ちになるだろ？」

ぼそっと私の隣で料理長さんが囁いた。なるほど、これも元気づけるためのものだったのか。

「俺たちもいるからさ、大丈夫だよ！　明日から一緒に頑張ろうぜ！」

そうやって励ましてくれているんだなと分かると、胸が温かくなる。

「……俺たちも、美味いメシ作って励ましてやらねぇとな」

「はい、明日はなにを作りましょうか？」

元気が出るご飯を、たくさん作ろう。明日も頑張ろう、みんなで頑張ろう、そう思ってもらえるように。

食事を終えて聖獣と一緒に街の子どもたちと遊んでいると、陛下がヘスティアと一緒に戻ってきた。

「陛下、おつかれさまです」

「お母さん、おかえりー！」

ヴァルと一緒に駆け寄ると、ヘスティアはヴァルの頬をぐりぐりと鼻先で撫でた。頑張った我が子を褒めているみたいだ。

「ずいぶん賑やかだな」

「はい、騎士さんや聖獣たちのおかげで、明日からまた頑張ろうって、みんな張りきってて」

陛下は食事をしながら会話を楽しむ騎士や街の人、聖獣と戯れる子どもたちを見て、ふっと微笑んだ。

「おまえの力も大きいだろう。あの料理、皆が褒めちぎっていたぞ」

「いえ、別に大したことは……。あ、聖獣たちが明日からの復興作業も手伝ってくれるそうです。きっとものすごく早く終わると思います」

なにせ一瞬で荒地だった広場を快適な食堂へと変えたのだ。みんなの力を合わせれば、建物の修復や再建もたやすいだろう。

「それは心強いな。……ちなみにあれもおまえが聖獣たちに頼んだのか？」

陛下の視線の先をたどると、聖獣たちのもふもふに埋もれて眠っている小さな子どもの姿があった。襲撃で緊張していただろうし、安心して寝ちゃったみたい。でもあのもふもふに包まれたら、絶対気持ちいいはず。眠っちゃう気持ちも分かるわぁ。

「い、いいえ。ひょっとして、陛下もちょっと気持ち良さそうでいいなぁとか、思ってますか？」

「…………馬鹿を言うな」

冗談で言ったつもりだったのだが、思いのほか沈黙が長かったのと、ふいっと逸らされた顔の頬が少しだけ染まっていたので、きっと図星だったのだと思う。

「ね、ヴィオラ」

笑いを必死にこらえていた私に、ヴァルが耳打ちをした。

「今ね、お母さんが念話で教えてくれたんだけどさ」

そうして続けられた言葉に、私は目を見開いた。

「──お母さんの契約者、ヴィオラのことべた褒めて回ってたらしいよ。配られた珍しい料理を考えたのも、王宮の人間を動かして食事や支援物資を用意したのも。聖獣たちの力を借りられたのも、街の人の心を一番に配慮するように準備したのも。全部、ヴィオラのおかげだって」

え……陛下が？

「……ヴィオラ、顔真っ赤」

「だ、だだだだって！」

「どうしたんだ？」

不意打ちを食らって赤面する私を、陛下が訝しむ。

もう！　こんな時にヴァルがそんなこと言うから！

「そういえば先に宿屋で休んでいたノアも、おまえに礼を言っていたぞ。もう一度おまえの料理を食べることができて、喜んでいた」

「そ、そうなんですね！　喜んでもらえてよかったです！」

動揺する私に眉をひそめながらも、陛下はそれ以上突っ込むことはなく、ふっと夜空を見上げた。

「長い一日だったな」

「……はい。皆さん無事でよかったです」

満点の星空を見上げながら、陛下の隣で私もふっと微笑んだのだった。

「ヴィオラ、こっちはもう終わったぞ」

「あ、ありがとうリック。ごめんね、食事の手伝いまでさせて」

魔物の襲撃から三日。この短い期間でなんと街はもうほとんど元通りだ。

なんでってそれは、もちろん聖獣様のお力によるものが大きい。あっという間にひび割れた地面や倒壊した建物も元に戻してくれたし、荒らされた家の中も綺麗にしてくれた。

さすがに焼けてしまった民家は戻せなかったが、代わりに私の作る料理でパワーアップした騎士たちが街の人たちと一緒に聖獣の力を借りてこの三日あまりで建ててしまった。

赤ちゃん聖獣たちが子どもたちと遊んでくれていたため、大人たちは安心して街の復興作業に集中することができたというわけだ。

「俺の仕事、もう終わっちまったからな。みんな腹減ってるだろうし、食器の用意くらいするさ」

リックは背中の怪我の影響もなく、こうして元気に働き、時間が空けば食事の手伝いもしてくれる。フィルさんも王宮で食材や物資の手配などしてくれているし、本当に気の回る兄弟だ。

「お、今日も美味そうだな！」

できた料理を並べている私の手元をリックが覗いてきた。

「そうでしょう？　今日はね、アジフライ定食とハンバーグ定食の選べるセットだよ。子ども用にお子様ランチも用意したよ！」

うわ、どっちも美味そうで選べねぇー！とリックが悶絶(もんぜつ)する。たしかにタルタルソースがけアジフライはサクサクで美味しいし、ハンバーグは肉汁たっぷりでお腹も大満足。

お子様ランチはミニハンバーグとエビフライ、それにおにぎりとミニサラダを用意した。

どれも〝定食屋そうま〟人気のメニューだ。

「ふふ。余ったら選ばなかった方のメイン、こっそりあげるから」

「マジで⁉　ヴィオラ、神！」

目を輝かせるリックと、前世の双子の弟たちの姿が重なる。

こんな幼女を相手に、どっちが年上なんだか。そう苦笑いを零していると、久しぶりに聞く、明るい声が響いた。

「やぁヴィオラ！　久しぶりだね！」

ノア王子だ。疲れが出たから宿屋で休んでいると聞いていたけれど……元気になったのかしら？

「この三日間、君の料理を堪能させてもらったよ。いや〜どれも珍しい料理で、とても美味しかった」

「あ、えっと、ありがとうございますっ。あの、お疲れが出て休んでいたと聞きました、もう大丈夫なのですか？」

もうすっかり！とノア王子は決めポーズをとってくれた。……たしかにもう大丈夫そう。

「味ももちろんだけど、効果も、ね。素晴らしかったよ」

そう耳元で囁かれて、ぎくりとする。そうか、隣国の王族でもある彼にも、私の能力のことがバレてしまったみたい。

そりゃそうよね、この三日間は惜しみなく魔力を込めて料理を作っていたもの、致し方ない。

「大丈夫、心配しないで。僕は恩人を売るような真似はしないから。それに……」

ノア王子は私のケープに触れると、まるで懐かしいものを見るような表情をした。

「……身内には優しくって家訓だしね」

「え……それって」

どういう意味ですかと尋ねようとしたのだが、ノア王子はじゃあねと体を滑らせてレナルドさんと共に食事をする机の方に行ってしまった。

よく分からないけど、同盟国だし同じ釜の飯を食べた仲間だからってことかしら？

でも念のため、後で陛下たちには報告しておこう。今回もかなり尽力してくれたということだし、悪い人じゃないはずだけど、一応ね。

そう気持ちを切り替えて配膳へと戻る。

「ヴィオラー！　お腹すいたー！」

「「きゅぅぅぅー！」」

「おねぇちゃん、きょうのごはん、なにー？」

ヴァルと聖獣、それに子どもたちが集まってきた。

「お待たせ。みんなにはお子様ランチを作ったよ。ヴァルたちはハンバーグとおにぎりね。今日が最後だから、張りきって作っちゃった」

聖獣と子どもたちは大喜びでご飯を持っていって一緒に食べ始めた。すっかり仲良しになっちゃったわね。

「おーヴィオラ、今日もありがとな。おい、騎士共は後だぞ、市民が先だからな！」

見回りから戻ったガイさんがそう言うのに、騎士のみんなが分かってますよーと答えた。

街の人たちも、そんな騎士さんの姿にくすくすと笑っている。

「今日は二種類から選べるのか。うわ、迷うな」

「ねえねえ、別の料理を頼んでメインを半分ずつしない？」

「それいい！　そうしよう！」

臨時食堂と化した広場に、笑顔が溢れる。

「ヴィオラちゃーん！　そろそろ俺たちも並んでいい？」

「はーい、どうぞ！」

明日からは、また王宮での日常が戻ってくる。


「ヴィオラ、準備はできたか？」

「陛下！　お忙しいのに、迎えに来てくださってありがとうございます」

襲撃の次の日に王宮に戻っていた陛下は、街の状況確認のついでに私たちを迎えに来てくれた。さすがに全員を移動魔法で移動させるのは無理なので、ヘスティアに乗って。

「……ずいぶん仲良くなったのだな」

別れを惜しむ街の人たちや騎士さんたち、料理人や侍女のみんなと聖獣たちを見て、陛下が目を細めた。

「ふふ。私も、料理のレシピを教えてほしいと言われて、街のおばさんたちと仲良くなりました」

怒涛のような三日間だったけれど、こうして活気を取り戻した街を見ると、ここに来てよかったって思える。

「……ヴィオラ」

「はい？」

名前を呼ばれて陛下を見上げると、ぽすりと大きな手のひらに頭を覆いかぶされた。

「助かった。国の民を救ってくれて、感謝する」

そして優しく撫でられた。それが、恥ずかしかったけど嬉しくて。

「……私こそ、ありがとうございます。私のことを、信じてくれて」

とびきりの笑顔を返して、お礼を言った。

エピローグ

王宮に戻ってきてから一週間が経った。襲撃を受けた街もすっかり元の生活を取り戻し、人々の心も安定しているとの報告を聞いている。

そして私はというと、相も変わらず陛下のご飯を作っている。なんと今日は、陛下たち三人に加え、ノア王子も同じテーブルについている。

「今日の夕食も美味ですね。このたるたるそーす、でしたか？ がたまりません！ それにしても襲撃された街に出向いていた三日間は、本当にヴィオラ殿の食事が恋しかったです」

今日もフィルさんの美食リポートは絶好調である。

「そういえば聞いたぜ。陛下、ヴィオラがいない間の食事はまったく野菜を食わなかったんだって？ 食堂の料理人が俺たちの実力不足で……って泣いてたぜ」

陛下の偏食をいじって笑うのは、もちろんガイさんだ。

「ぷっ。なんだいシルヴェスター、まだ野菜嫌い治ってなかったのかい？」

ノア王子もガイさんと一緒になって陛下のことを笑っている。

「……ヴィオラの作ったものなら野菜だろうがなんでも食べられる」

耳が痛いという様子は見せないものの、陛下はなんとなく言い訳がましいことを口にした。

そんな四人のやり取りを、私は苦笑いを浮かべながら眺めている。

本日の夕食はチキン南蛮定食。

カロリーのことを考え鶏肉を揚げない代わりに、自家製タルタルソースをたっぷりかけてある。

「鶏肉はビタミンB6が豊富で筋力を高めてくれて、お酢のクエン酸は疲労回復にも効きます。食べ応えがあるけど、さっぱりしてると思います」

分かるわー！とガイさんがご飯と一緒にチキン南蛮をかき込む。体力勝負のガイさんには最適なメニューね。

「……ところでノア、おまえ結局帰国するまでヴィオラのメシを食うのが当たり前になったな」

「いいじゃないか。三日間あんなに美味しいご飯を食べさせられたんだ。この味を知ってしまったら、こちらに滞在する間くらい堪能したいと思うのは当然のことだと思うけど？」

けろりと答えるノア王子に、陛下ははあっとため息をついた。

魔物討伐に駆り出されるなど色々あったノア王子だけれど、この国での仕事を無事に終え、明日の朝帰国することになっている。

「あーあ、明日からはヴィオラのご飯が食べられなくなっちゃうんだよね。ね、友好の証に、ヴィオラを連れて帰っちゃやダメかな？」

「「ダメに決まっている」」でしょう」

ノア王子の冗談に三人は即答した。当事者の私はといえば、あはは……と苦笑することしかできなかった。

「ちぇ、まぁそーだよね」

冗談だと思っていたのに、ノア王子の残念そうな様子を見ると、半分くらいは本気だったらしい。

「……ね、ヴィオラ。君、ここにいて、幸せ？」

やれやれと皆さんのお皿におかわりのチキン南蛮を配っていると、突然ノア王子がそんなことを尋ねてきた。

その問いにきょとんとしたが、一見軽い表情の奥に真剣さが見えた気がして、ゆっくりと口を開いた。

「……幸せ、ですよ。皆さんにとてもよくしてもらってます」

そっかと短く呟くノア王子の目を見つめて、続けて答える。

「大好きな料理を好きなように作ることができて幸せだなって。皆さんに喜んでもらえるのも、すっごく嬉しくて。誰かの助けになれているような気もするし……。それに、〝ヴィオラ〟というひとりの人間として接してもらえるのも、嬉しいんです」

赤ちゃんの時に捨てられて、疎まれながら生きてきて。ヴァルがいたし、前世の記憶があったからそこまで絶望することはなかったけれど。

それでも私はやっぱり、〝寂しかった〟。

「……そう。捨てた両親を、憎んでいるのかい？」

「いいえ。なにか事情があったのかもしれないし。今が幸せだから、まあいいかって思ってます」

〝ヴァイオレット・クラッセン〟

あの時、鑑定の水晶で見た、私の本当の名前。私の髪と瞳の色から名づけられたのであろう、美しい紫色の名前。

そして、細かい刺繍で愛称を縫った上質な布のおくるみ。

捜そうと思えば、陛下たちに頼んで両親を捜し出すことができるかもしれない。けれど、それがいい結果となるのかは誰にも分からない。

だから、私はこのままでいい。

素敵な名前をつけてくれた人がいる、その事実だけで。

「私は私、〝ヴィオラ〟です。ちょっと珍しいご飯が作れる料理好きな子どもっていうだけでいいんです」

ふわりと微笑めば、ノア王子は目を細めて頷いた。

「……そう。変なこと聞いてごめんね。君が作ったご飯はすごく美味しかったし、今回は本当に助かったよ、ありがとう。いつかまたこちらに来た時には、君の料理、食べさせてくれるかい？」

「いえ、そんなこと。お料理はもちろん、いくらでも作ります！　陛下が許してくれたら、ですけど」

まいったなとノア王子が笑う。

そうして全員分の食器を下げ、失礼しますとワゴンを押して退室すると、どこからともなくヴァルが現れた。

「おつかれ。あの王子、なにか言ってなかった？」

「え？　今幸せか？　みたいなことは聞かれたけど……。そういえば、私が捨て子だったって、誰から聞いたんだろう？」

陛下たちからかな？と特に気にせず、ワゴンを押して歩きだす。

「ふーん。……お礼とか、言ってなかった？」

「あ、うん。ご飯美味しかったって、ありがとうって言ってたけど……あれ？〝助かった〟って、なんだろう？」

思い当たることもなく、私は首を傾げる。

「……襲撃を受けた街で料理する時、〝元気になりますように〟って魔力を込めてたでしょ？なんかの変な病気でも治ったんじゃない？　痔とか」

ヴァルの想像に、ぶっ！と噴き出してしまった。痔って！

「ま、まぁ、人には言えない悩みって誰にでもあるものよね。なんでもいいから、治ったのならよかったわ」

「……ヴィオラって無欲だよねー。一国の王子だよ？　褒美をよこせ！とか言えばいいのに」

聖獣、しかもまだ子どもなのになんという発想をするんだと苦笑いする。

「私は楽しく料理が作れればそれで十分よ。あ、そういえばあの街の人たちから、お礼に今度はご馳走するから遊びに来てねってお誘いがあったらしいわよ。復興祝いのお祭りをするんだって。聖獣のみんなも一緒にどうぞって」

「へえ、美味しいもの食べられるなら行こうかな」

「私がこの前教えたレシピの料理を作るって言ってたよ」

楽しみだね！とヴァルとふたり、並んで食堂へと戻るのだった。

＊＊＊

「……ノア。あなた、もしかして」

ヴィオラが退室した後のシルヴェスターの執務室、沈黙を破ったのはフィルだった。

「あのさ、僕の母の生家は、クラッセンっていう公爵家なんだけどさ」

フィルの問いには答えず、まるでひとりごとを呟くかのようにノアは言葉を続けた。

「公爵家は、母の年の離れた妹が婿を取って継いだんだ。シンドラー王国は魔法学に優れた国で有名だけど、クラッセン公爵家は特に稀少な魔法を使える一族で有名でさ。僕の叔母も、稀に見る聖属性魔法の使い手でね」

ノアは、自分と十も年の離れていなかった叔母の姿を思い浮かべる。

美しい少女のような女だった。

「クラッセン家では、代々母親が生まれた子に愛称を刺繍したおくるみを贈るんだ。僕の叔母はね、結婚してすぐに授かった愛娘のおくるみに、魔力を込めて刺繍したんだってさ。〝この子を守ってくれますように〟って」

〝愛称を刺繍したおくるみ〟

その言葉に、一瞬だけシルヴェスターがぴくりと指を動かした。

「そんな僕の従妹姫だけどね。ある時、家族で視察に出かけた辺境の森近くの街で、魔物に襲われ、さらわれてしまったんだ」

どこかで聞いたことのある話だと、フィルとガイは息をのんだ。

もしかして。そう、その場にいる誰もがそう思っていた。

「いくら捜しても、もうその子は見つからなかった。叔母夫婦はとても悲しんだ。その後何年かして、叔母は流行り病で亡くなった。あの時手を放してしまった、愛娘の無事を最期まで祈りながら」

しんと執務室が静寂に包まれる。

「そんな公爵家だけどね。今は遠縁の才能ある男児を養子にして、婿殿が再婚もせずひとり頑張っているそうだよ。実の親子ではないけれど、実の親子以上に絆を育んで」

ノアは公爵家に養子に入った男児の姿を思い浮かべた。

負けん気が強くて、努力家で、繊細で。叔父との関係も、色々なことを乗り越えて信頼を築いてきた。

「娘のことは、きっと亡き妻が贈ったおくるみが守ってくれて、どこかで生きてくれているはずだって言ってた。幸せに暮らしているなら、それでいいって。下手に名乗り出たり公爵家に迎え入れたりしても、必ず幸せになれるとは限らないしね」

公爵家というしがらみを嫌うかもしれない。

今までと違う暮らしを強いられ、自分を押し殺してしまうかもしれない。

それは、夫婦が望んでいたことじゃない。

今、幸せに暮らしているなら、そのまま自由に生きてほしい。——それがクラッセン公爵の願い。

「ま、不幸な目に遭っていたら一目散に連れ戻しに行くって言ってたけどね」

そこでやっと、ノアはいつものようにからからと笑った。

そして一度瞑った目を開くと、今度は慈愛に満ちた微笑みをシルヴェスターに向ける。まるで、誰かに宝物を託すかのように。

「楽しく暮らしているなら、それでいいんだ。今の幸せを大切にしているみたいだからね」

確信はない。けれど、可能性は高い。

だが、誰もその可能性を口にはしなかった。

ひとりの少女の、幸せのために。

「ちなみに僕、恥ずかしながら初恋の人がその叔母でね。行方不明の従妹姫は母親似だったらしいから、会えばすぐ分かると思うんだよね」

ノアはおもむろに席を立った。そして扉の近くに控えていたレナルドの方へと歩きだす。

その姿を、シルヴェスターたち三人は目で追った。

「きっとさ、優しくて、しっかり者で、かわいくて、一生懸命で、有能で。……誰からも愛される子に育ってるって、思うんだ」

誰のことを言っているのか、三人にも分かっていた。分かっていて、口にはしない。

「僕の命の恩人でもあることだしね」

「ノア様！」

とがめるようなレナルドの声に、いいじゃないかとノアは笑う。

「僕、実は原因不明の病にかかってたんだ。この外交が最後になるだろうって言われていたくらい、病気が進行していて。だから正直、魔物討伐めちゃくちゃキツかったんだよねー。まったく、病人をコキ使ってくれてさ。……でもあら不思議、あの子の料理を数日食べたら、すっかり元気になっちゃって。レナルドの見立てじゃ、病原菌はもうほぼ消滅したみたい。あ、レナルドってこう見えて医療分野に秀でた家門出身なんだ」

なんでもないことのようにけろりと話すノアの爆弾発言に、シルヴェスターたちはぎょっとする。

「あーあ、この仕事が終わったら隠居生活するはずだったのに。こんな元気になっちゃったなら、もっと働かないとね、ってことで。これからも末永くよろしくね？　シュナーベル王国国王陛下？」

にやっと、まるで少年のように笑うノアは、悪戯が成功した子どものようで。

やれやれとフィルとガイがため息をつく。

「じゃ。明日は早くから出立だし、そろそろ僕は失礼するよ」

そう言い終えて、ノアは扉のノブに手をかける。

「ノア」

そこへ、シルヴェスターが声をかけた。

「……今度来た時は、三食ヴィオラに食事を頼んでやる。だから次も、そのへらへらした顔を見せに来い。……またコキ使ってやる」

その言葉にノアは目を見開き、ぷはっと笑った。

「お手柔らかにね。じゃあね、シル、フィル、ガイ」

またね。

次の約束ができることがこんなに嬉しいなんて。そんな温かい気持ちになりながら、ノアはレナルドと共に自分たちに用意された部屋へと戻ったのだった――。

＊　＊　＊

「ヴィオラちゃん、食べてるー？」

「はい！　とっても美味しいです！」

「せいじゅうさまたち、きてくれてありがとぉ！」

「きゅーきゅー！」

今日は街の復興祝いのお祭り。招待された私たちは、たくさんの笑顔に囲まれていた。

「ヴィオラちゃんの教えてくれた料理、旦那にも好評だよ！」

「好き嫌いの多いうちの子たちも、たくさん食べてくれるの。助かるわぁ」

おばさんたちからそんな声をたくさんかけてもらえた。

「食べることは生きること、ですからね！　またいつでもレシピを聞いてくださいね、家で作ってもらえると嬉しいです！」

美味しいものを食べると力も出るしね。家族で美味しいねって、食事を楽しんでほしい。

「相変わらずおまえはあちこちで愛想を振りまいているな……」

「陛下！　来てくれたんですね」

多忙な陛下も、フィルさんとガイさんと一緒に移動魔法で駆けつけてくれた。

あ、ヘスティアがさっそく子どもたちに囲まれてる。

「ヴィオラおまえ、そんだけ警戒心ゼロだといつか悪い男に捕まっちまうぞ？」

「まだ子どもなので大目に見ますが……。年頃になったら、そうやすやすと男に愛想を振りまいてはいけませんよ？」

ありえないことを言うガイさんと、まるで心配性のお父さんみたいな発言をするフィルさんに、私は苦笑いする。

陛下もなに言ってんだこいつらっていう目、してますよ？

「おっ、陛下と団長さん、それに賢そうなダンナも、こちらにどうぞ！　みんなが改めてお礼を言いたいって言ってるんで！　ささ、こっちこっち！」

街の人にそんなことを言われて、陛下は少し戸惑っていたけれど黙ってついていった。その耳元が少し赤くて、照れてるんだなって思ってくすりと笑う。

「なに笑ってるんだよヴィオラ」

「まあ、楽しそうですねヴィオラ様」

骨付き肉を持ったリックと、飲み物を持ってきてくれたカレンさんも、笑顔だ。

「ううん。ただ、みんなで食べるご飯は美味しいなぁって思ってただけで」

生まれ変わって、世界も常識も全然違うけど。私は、この世界で生きて、幸せになりたいってずっと思ってきた。

そして、前世の家族のことを思い出して、誰かのために料理を作って、笑顔になってもらって、美味しいねって言ってもらえる日が来るといいなって思ったんだ。

あの時の願いを、こうして叶えることができて。

「みんな、異世界でも美味しいご飯が人を笑顔にするのは一緒だったよ」

お父さんが教えてくれた〝定食屋そうま〟の味。

お母さんがくれた、温かい言葉。

お兄ちゃんと弟たちがくれた、美味しいっていう声。

全部、〝ヴィオラ〟になっても、覚えてる。

「ありがとう」

「おい、誰に礼を言っているんだ？」

「あ、聞こえてました？　誰にって……うーん、みんなに、です！」

訝しげな表情で汁椀を持つ陛下の隣にちょこんと座る。

「陛下、いつもありがとうございます」

「……別に礼を言われるようなことはしていない」

一見冷たい、けれどとても強くて優しいこの国の王様。

「私が今こうやって笑えるのは、陛下のおかげですよ?」

「……俺はおまえを拾っただけだ」

またそんな言い方をして。素直にお礼を受け取ろうとしない陛下に苦笑いする。

「夕食はなにを作りましょうか?」

「……オニギリと、ダシマキタマゴ」

それを聞いて、目をぱちくりとさせる。

「それから、鶏肉の入ったミソシル」

それって。

「……はい。心を込めて、作りますね」

「いつも通りでいい、おまえはいつもそうしているだろう。それから、今日は時間に余裕があるんだ。夕食も一緒に食べよう」

初めて陛下たちに食べてもらった時の料理。あの時はちょっと戸惑いがあったけれど。

今日は、みんなで、笑顔で。

「はい! 楽しみにしていますね!」

また、美味しいって言葉を、聞かせてくださいね。

＊　＊　＊

それから――。

見たことのない美味しくて元気の出る料理の噂は、またたく間にシュナーベル王国内へと広まっていった。

また、たくさんの聖獣を従え、とても楽しそうに料理をする愛らしい少女が王宮にいるらしいとの噂も。

それからしばらくして、国王であるシルヴェスターの元には少女の料理を食べてみたいとの依頼が殺到した。

それを聞いた少女は、分け隔てなくみんなの願いを叶えるために、聖獣たちと共に料理を作りに出向くことが増えた。

その料理は噂通り、いや、噂以上に美味しくて、力が湧いてきて、生きる希望を人々に与えたという。

『食べることは、生きること』

お腹がいっぱいになれば、明日への一歩を踏み出す勇気が出てくる。

そう笑顔で告げる少女の作る〝テイショク〟は、国の人々から愛された。

そして――。

少女が伝える栄養バランスのとれた料理は、〝幸せのテイショク〟として、国内にとどまらず、国外にも広く伝えられ、愛されていったのだった。

その、少女の優しい笑顔と共に。

＊fin＊

あとがき

はじめましての方もお久しぶりですの方も、本書をお手に取ってくださり、ありがとうございます。相変わらず夜な夜な執筆を頑張っています、沙夜です。

さて、今作はちびっこともふもふが大活躍のお話となりました。大人組がヴィオラにメロメロになっていくところや、聖獣たちがヴィオラに褒めてもらおうと必死になるところなど、溺愛されていく様子をとても楽しく書かせていただきました。

ももしき先生に描いていただいたヴィオラ、めちゃくちゃかわいくて、カバーイラストを見せていただいた時に悶絶しました。そりゃこんなかわいい美少女にご飯作ってもらえたら、シルヴェスターたちもイチコロだよね！と（笑）

かわいくて素敵なイラスト、本当にありがとうございました！

そんな愛されヒロイン・ヴィオラですが、ちょっぴり切ない出生の秘密を持ち、前世の記憶を胸に抱きながら、それでも穏やかな幸せのために精いっぱい生きていこうと決心します。

前世のすみれもそうでしたが、笑顔を絶やさず、自分ができることを探して頑張ろうという気持ちと姿勢が周囲の人にも伝わって、愛されていくのだろうなと思います。

でも実際、笑顔を絶やさずって難しいことだなと思います。面倒くさがりで嫌な時はすぐ顔に出てしまう作者は特に……（笑）

でも、嬉しい時や楽しい時は笑って、つらい時は泣いて、困った時は周囲の人を頼って。それでいいんじゃないかなとも思います。そんなふうに、自分の素直な感情を受け止めてくれる人がいたら、それはとても幸せなことですよね。

物語はこれで終わりですが、そんな素敵な人たちに囲まれて、ヴィオラはこれからも頑張っていくのだと思います。たぶんノアはしょっちゅう遊びに来そうだし、保護者たちの過保護が過ぎて、年頃になっても恋人をつくれなさそうで大変だと思いますけど……。うん、頑張れ。

それでは最後になりましたが、本作を刊行するにあたってご助力いただきました担当様はじめ、編集部の皆様、最後まで読んでくださった読者の皆様に最大級の感謝を申し上げます。

またいつかどこかでお会いできますように。ありがとうございました。

沙夜（さよ）

転生幼女は王宮専属の定食屋さん！
～転生チートで腹ペコなモフモフ赤ちゃん達に愛情ご飯を作りますっ～

2024年6月5日　初版第1刷発行

著　者　沙夜

発行人　菊地修一

発行所　スターツ出版株式会社

〒104-0031　東京都中央区京橋1-3-1　八重洲口大栄ビル7F
TEL　03-6202-0386　(出版マーケティンググループ)
TEL　050-5538-5679　(書店様向けご注文専用ダイヤル)
URL　https://starts-pub.jp/

印刷所　大日本印刷株式会社

ISBN　978-4-8137-9338-0　C0093　Printed in Japan

[沙夜先生へのファンレター宛先]
〒104-0031　東京都中央区京橋1-3-1　八重洲口大栄ビル7F
スターツ出版(株)　書籍編集部気付　沙夜先生

『極上の大逆転シリーズ』好評発売中!!

2024年夏 第二弾決定

追放令嬢からの手紙
～かつて愛していた皆さまへ 私のことなどお忘れですか？～

著:マチバリ　イラスト:中條由良
本体価格:1250円+税
ISBN:978-4-8137-9250-5

お飾り王妃は華麗に退場いたします
～クズな夫は捨てて自由になっても構いませんよね？～

著:雨宮れん　イラスト:わいあっと
本体価格:1250円+税
ISBN:978-4-8137-9257-4

クズ殿下、断罪される覚悟はよろしいですか？
～大切な妹を傷つけたあなたには、倍にしてお返しいたします～

著:ごろごろみかん。　イラスト:藤村ゆかこ
本体価格:1250円+税
ISBN:978-4-8137-9262-8

王女はあなたの破滅をご所望です
～私のお嬢様を可愛がってくれたので、しっかり御礼をしなければなりませんね～

著:別所 燈　イラスト:ゆのひと
本体価格:1250円+税
ISBN:978-4-8137-9269-7

極上の大逆転 シリーズ

BF Sweet
ベリーズファンタジースイート

ベリーズファンタジースイート人気シリーズ

7月5日発売予定

冷酷な狼皇帝の契約花嫁

～「お前は家族じゃない」と捨てられた令嬢が、獣人国で愛されて幸せになるまで～

著・百門一新
イラスト・宵マチ

愛なき結婚なのに、
狼皇帝が溺愛MAXに豹変!?

定価:1375円（本体1250円+税10%） ISBN 978-4-8137-9288-8
※価格、ISBNは1巻のものです